失恋に効くローズマリー

神楽坂スパイス・ボックス❷

長月天音

ハルキ文庫

角川春樹事務所

目次

プロローグ

悔しさや怒り、そして悲しみ。

負の感情は、時として思いがけぬ大きな力を生み出すものである。

神楽坂《かぐらざか》の路地の奥にスパイス料理店、『スパイス・ボックス』を開いて、およそ五か月。前橋《まえばし》みのりは、愛読書である料理雑誌、『最新厨房通信《ちゅうぼうつうしん》』のページをめくり、頬《ほお》を緩ませた。最新号ではなく、昨年十二月に発売された新年特別号である。

みのりはかつて編集者として、この雑誌の制作に携わっていた。巻頭特集、第二特集、エッセイやコラム。雑誌を手に取れば、それがどの辺りにあるかはおおよそ見当がつく。

もう何度も読み返したページは、すっかり折跡がついてしまっている。

人気作家鮫島周子《さめじましゆうこ》による連載エッセイ、「路地の名店」のページだ。

暗記するほど読み返したその冒頭を、みのりの視線がたどる。

神楽坂は毘沙門天《びしやもんてん》にほど近い路地の奥の奥、この地に似つかわしくない異国の香りに引かれ、吸い寄せられるようにたどり着いたのは、世にも珍しいスパイス料理店だった。

再び、うっとりと口元が緩む。

まさか、周子先生がエッセイに取り上げてくれるなんて。

その上、ＳＮＳでも紹介してくれ、何の後ろ盾もない開店わずか数か月の個人店に、次々に客が足を運んでくれたのだ。おかげで大繁盛とはいかないまでも、当初の概算よりはずっと順調な売上を維持できている。

結婚まで考えた男にフラれた悔しさから、相手を見返そうとして決意した飲食店の開業だった。

夫に先立たれ、失意の底にあった姉のゆたかと二人、神楽坂の路地の奥でスパイス料理店を始めた当初は、意気込みとは別に、うまくいくかという不安も大きかった。

けれど、ゆたかのスパイス料理は、周子だけでなく、見事に客たちの心を摑《つか》んだのである。

ゆたかはまるで魔法の粉のようにスパイスを使い、彼らが求める心と体の栄養を、温かな料理で体の隅々まで行きわたらせるのだ。

美味《おい》しかった！

ご馳走様《ちそうさま》。また来るよ。

客の笑顔こそが、姉妹の原動力である。

ふと、みのりは思う。

『スパイス・ボックス』が姉妹にとってかけがえのない場所となったように、訪れる人々にとっても、美味しい料理で癒《いや》される、居心地のいい場所となってほしいと。

その考えが、みのりに新たな力を生み出させる。

不思議だ。

今や、大きなエネルギーとなったかつての悔しさや怒りは微塵《みじん》もない。

むしろ明るい意欲に溢《あふ》れている。

人生には、無駄なものなど何ひとつないのだと、みのりはこの五か月で思い知ったのだった。

第一話　特製スンドゥブ　私を解放する熱々お鍋

1

「はっくしゅん」

盛大なくしゃみが出た。続けて、「くしゅん、くしゅん」と二回。

反動で折り曲げた腰を伸ばし、前橋みのりは「ううう」と呻《うめ》いた。

寝起きのためか、自分でも驚くほどの重低音が朝の洗面所に響く。

「やだ、みのり。オッサンっぽい」

明るい笑い声に振り返ると、姉の辻原《つじはら》ゆたかがキッチンから顔を出していた。

パジャマのまま洟《はな》をするみのりと違い、きちんと着替えてエプロンまでつけている。

「花粉症？」

季節は二月の終わり。日ごとに日差しはやわらぎ、街中の空気には満開の梅のかそけき香りが溶け込んでいる。自然と外に出たくなるような、心も浮き立つ季節である。

ただし、毎年スギ花粉に悩まされるみのりにとっては、憂鬱《ゆううつ》な季節の到来でもあった。

でも、この感じはちょっと違う。

「確かに花粉も飛び始めたけど、風邪《かぜ》気味かも……」

「えっ」

ゆたかは、寒そうに身を縮めた妹の額に手を当てた。

姉の手はいつも温かく、ふっくらとやわらかい。心地よさについ目を閉じる。

「熱はないみたい。でも、朝夕はまだ冷えるからね。油断は禁物」

手が離れると、とたんに額がすうっと冷たくなった。名残惜しいような気持ちで目を開くと、心配そうに顔色を窺《うかが》う姉と目が合った。

「平気、平気。私たち、一人でも欠けたら仕事にならないからね」

ゆたかもほっとしたように微笑《ほほえ》んだ。

「そうよ。健康第一、体が資本」

姉妹が神楽坂《かぐらざか》の路地の奥にスパイス料理店を開店してから、およそ五か月。

調理はもっぱら姉のゆたかの仕事で、接客は妹のみのりが担当している。

古民家を改装したテーブル席六卓、カウンター四席と座敷の小さな店だが、年末からは昼夜を問わず連日満席となり、まぁまぁ経営状況は好調と言えるだろう。

しかし、店を切り盛りするのは二人だけ。風邪など引いている場合ではない。

身支度を終えてキッチンに行くと、先にテーブルについたゆたかが湯飲みを傾けていた。暦の上では春とはいえ、今朝は久しぶりに冷え込みが厳しい。

暖かなキッチンにほっとして、みのりもテーブルについた。

毎朝、二人は、熱い緑茶を一杯ずつ飲んでから家を出る。

店に着いたらすぐに開店の準備を始め、一段落してから、日替わりランチの味見も兼ねて、賄いを食べるのである。

姉妹が暮らす浅草橋《あさくさばし》のアパートから、『スパイス・ボックス』のある神楽坂最寄《もよ》りの飯《いい》田橋《だばし》まで、総武線でわずか十分程度。駅から毘沙門天に近い路地奥の店までは、ゆるやかな坂道を延々と上らなくてはならないが、そう遠いわけでもない。

朝の緑茶は習慣のようなもので、実家では必ず母親が寝起きに熱い緑茶を淹《い》れてくれていた。空っぽの胃袋に熱いお茶が染みると体にスイッチが入り、苦みが頭をすっきりさせてくれる。姉と同居を始めるまで、みのりはこの習慣をすっかりおろそかにしていたのだが、ゆたかはずっと続けていたらしく、店の開業と同時に、前橋家の習慣も復活したのである。

しかし、今日の湯飲みからは、甘くほろ苦い香りが湯気とともに立ち上っている。

みのりはまじまじと湯飲みの中を覗《のぞ》き込んだ。

美濃《みの》焼の渋い色味の湯飲みは、厨書房《くりやしょぼう》にいた頃《ころ》、エッセイ「路地の名店」の取材のため、鮫島周子とともに多治見《たじみ》を訪れた時に一目惚《ひとめぼ》れして購入したものだ。

二個セットで買ったのは、いずれかつての恋人と使う日を妄想してのことだったが、けっきょく恋は実らず、湯飲みの片割れは姉が使っている。

その姉が、「ゆず茶よ」と湯飲みを掲げた。

みのりもふうふうと息を吹きかけながら、湯飲みに口を付ける。

「あれ？」

とろみのある液体の中、甘みと特徴的な苦みを舌がとらえた。その後で、ゆずとはまた別の刺激が追いかけてきたのだ。

「ジンジャーとシナモンよ。風邪気味の時は、体を温めるのがいちばんだからね」

「へぇ。ちょっとしたアクセントにもなって、なかなか美味《おい》しいね」

「でしょ。スパイスをひと振りするだけで味も整うし、効能も加わる。やっぱりスパイスって、魔法の粉だよね」

ゆたかは何でもないことのように笑うが、みのりは思った。

スパイスならなんでもいいわけではない。たとえパウダーでも、それぞれに香りや風味があり、組み合わせを間違えば、思わず顔をしかめたくなる結果となる場合もある。スパイスに精通した姉だからこそ、絶妙な組み合わせや塩梅《あんばい》を実現できるのだ。

「一家に一人、スパイスマニアがいると便利だね。医者いらずって感じ」

「何よ、マニアって。それを言うなら、一日一個の林檎《りんご》でしょ？　林檎って、食物繊維が豊富で胃腸の働きをよくしてくれるのよ。やっぱり元気の源は胃腸だと思うの。だってさ、胃腸の具合が悪ければ、私たちの栄養となる食べ物をきちんと消化吸収してくれないじゃない？　そう考えると、多くのスパイスの効能が消化を助けたり、食欲を増進させてくれたりするっていうのも妙に頷《うなず》けるんだよねぇ」

朝から始まったスパイス談義をなかば聞き流し、みのりはぐいっとゆず茶を飲み干した。お腹《なか》の中に集まった熱が四肢に広がり、体の底から元気が湧《わ》いてくる。

「ご馳走様、お姉ちゃん。ほら、もう家を出る時間だよ！」

のんびりとゆず茶をすすっていたゆたかが、「ええっ」と慌てて立ち上がる。

毎朝、姉妹の朝は騒々しい。


すっかり開店準備を終え、ゆたかがカウンターに皿を置いた。

「はい。今日のランチのインドカレーは、ひよこ豆。ぽくぽくした食感が楽しいし、腹持ちもよくて元気が出るわよ。でも、お肉がないと満足感が足りないお客さんもいるから、ひき肉と一緒にキーマカレー風にしてみたの。どうかな」

「今までなかったメニューだね。美味しそう！」

「今日は冷え込んでいるでしょう？　ちょっと味濃いめ、スパイス強めにしてみた」

空はどんよりと低い雲に覆われ、アパートを出た途端、姉妹は思わず「寒っ」と身を寄せ合った。せっかく開いた梅の花も強い北風に花びらを震わせ、白梅の淡い色合いは曇り空を背景にすっかり精彩を失っている。

「うん、美味しい。昼休みのサラリーマン、野菜を摂《と》りたい女性、どっちも喜びそう」

みのりは鼻に抜けたスパイスの香りに刺激され、スプーンが止まらずについおかわりをしてしまった。食欲は相変わらず旺盛《おうせい》である。これなら、本格的に風邪を引く前に治すことができそうだ。

ふと横を見れば、姉のカレーはまだ手つかずだった。

「あれ？　お姉ちゃん、食べないの？」

「実は、今朝のゆず茶で思いっきり舌を火傷《やけど》したの」

みのりが時間だと急《せ》かした時に、残りを一気に飲み干して、火傷をしてしまったらしい。

厚手の湯飲みは、確かに保温性が高いが、それにもましてゆたかは猫舌だった。

「あらら、大変。口の中はすぐ治ると思うけど……、味見がつらいね。特に熱々のカレーなんて、大丈夫？」

たいていの料理は、提供前にゆたかが味を確かめている。チョンと手の甲に載せて味をみる程度だが、火傷した舌ではつらいかもしれない。たとえレシピがあっても、スパイスの加減はゆたかの感覚に委ねられている。その日の天候や気温、湿度だけでなく、野菜の水分量など素材の状態によってもこれだという塩梅が違うという。

「うん。大丈夫。慎重にやるから」

ようやくゆたかがカレーを食べ始める。

みのりはふと思った。

ゆたかが風邪でも引けば、味覚や嗅覚《きゅうかく》が鈍り、料理の味も変わってしまうのではないか。

そういえば、姉は味の濃いスナック菓子を口にしないし、猫舌だけあって熱々の食べ物も苦手だ。スパイス料理好きといっても、辛すぎる料理はあまり好んで食べない。

普段から味が濃い物ばかり食べていては、それに舌が慣れてしまう。化学調味料を多く使った食事も同じだ。そして、房総《ぼうそう》のリゾートレストランのシェフという、地元の素材の味を活《い》かしたイタリアンでの経験もまた、姉の味覚を磨いたように思う。

もともとのゆたかの性質にシェフとしての経験や知識が加わり、様々なジャンルの『スパイス・ボックス』の料理を生み出しているのだ。

ならば。

自分ももっと頑張らなければいけない。

それは、けっして客数や売上のアップを目指しているということではない。

お客さんに感動を与えるような店にすることだ。

まさに、料理雑誌の編集部で経験を積んだ自分の腕の見せ所である。

一人でも多くのお客さんに、『スパイス・ボックス』のファンになってもらいたい。

そうなれば、自然と数字も付いてくるはずである。

それでも。

「お姉ちゃん、三月のフェアメニュー、どうしよっか」

料理のこととなると、姉を頼ってしまうのである。

年明けから始めたインド料理フェアは、ゆたかの得意分野ということもあって、客からの評判がよかった。

もともとインド料理専門店というわけではないから、『スパイス・ボックス』で食べられるインドカレーの種類は限られている。

「もっとカレーの種類を増やしてほしい」「カレー以外のインド料理も食べたい」との意見は、オープン以来ずっと寄せられていて、インド料理フェアはそれに応《こた》える形となったのだ。ここぞとばかりにリピートしてくれる常連客もいて、けっきょくメニューを替えながら二か月もフェアを続行することになった。

ようやくカレーを食べ終えたゆたかは、チャイにふうふうと息を吹きかけている。

「お正月に話したじゃない、ハーブをもっと使いたいって。だから、ハーブメニューよ」

「具体的には？」

「う〜ん、今、詰めているところ。インド料理フェアはお客さんの要望で、コッテリ、ガッツリで攻めの料理だったから、今度は春らしくスッキリ爽《さわ》やかにいきたいと思っているんだけど……」

「きっと、日本人の抱くインド料理のイメージが、辛くて濃厚なカレーや、タンドリーチキンみたいな肉料理なんだよ。つまり、ガッツリ系。あーあ、野菜料理もたくさんあるし、さらっとしたスープみたいな優しいカレーもあるのにね」

みのりの言葉に、ゆたかが吹き出した。

「ずいぶん分かってきたじゃない」

『スパイス・ボックス』の開店以来、日々、ゆたかの料理を見て、食べてきた。おまけに、壁に作り付けた本棚には各国の料理本や雑誌がぎっしりと並んでいる。この環境で感化されないわけがない。

「まだまだ勉強中ですけどね」

ちょっと恥ずかしくなり、みのりは席を立ってカレーの皿を洗い始める。

カウンター越しに手を伸ばした妹に自分の皿とカップを渡しながら、ゆたかが言った。

「あっ、でもね、もうひとつ、やりたいことがあるの」

「何？」

「フェアのつなぎの時期にちょっとだけ。来週まで、また冷え込むって言っているでしょう？」

「えっ、この寒さ、今日だけじゃないの？」

「天気予報くらい見ておきなさいよ。西高東低、典型的な冬型の気圧配置。梅が咲いて、油断している時期だからよけいに堪《こた》えるよね。昨日までは電車の中もスプリングコートの人が目立ったけど、今日なんて、すっかりみんな冬のコートだったじゃない」

天候による売上予測も大切なことだ。海沿いのリゾートホテルでシェフをしていたゆたかには、そのあたりの習慣がすっかり身についているとみえる。

「今シーズン、食べ収めの鍋《なべ》料理、やってみない？」

ゆたかは楽しそうだ。

「鍋？　鍋ってタジン鍋なら、一年を通して主力メニューにしているじゃない」

「違う、違う。グツグツ煮る鍋だよ。みんなで囲むやつ。鍋奉行がいるやつ」

「寄せ鍋とか、ちゃんこ鍋？」

みのりが編集者時代から住んでいる浅草橋から、隅田《すみだ》川《がわ》を越えれば国技館のある両国《りょうごく》である。駅前にはちゃんこ鍋屋が立ち並び、みのりも何回か食べに行ったことがある。

鍋といっても、店で食べるちゃんこ鍋は、味はいいけどずいぶん高級だな、というのが正直な感想だった。

「もう、みのり。ここはスパイス料理店よ？　もちろん、ちゃんこでも薬味をたっぷりにしたり、隠し味にスパイスを活かしたりする手もあるけど、そうじゃなくって」

ゆたかがまどろっこしそうに眉《まゆ》を寄せると、つかつかと壁の本棚に向かい、一冊の本を手にして戻ってくる。

みのりは思わず大きな声で叫んだ。

「チゲ！　そっか、チゲか」

「うん。キムチやトウガラシを使った韓国《かんこく》のお鍋。今までどうしてこれを思いつかなかったんだろうって、今朝、天気予報を見ながら気づいちゃったのよ。夏はトムヤンクンとか、東南アジア系の魚介鍋をやりたいから、今がチャンスかもしれないって」

「いいね。暖かくなって油断していた分、ぶり返した寒さがすごく堪えるもん。熱々の料理で体の芯《しん》から温まりたいって思っちゃう」

「でしょ？　そんな時はトウガラシだよ。野菜もバランスよく摂れる鍋ものがいちばん！」

「韓国料理かぁ。盲点というか、確かに今まで考えもしなかったね」

みのりが感心していると、ゆたかはなぜか悩ましげに眉を寄せた。

「うん。実は韓国料理なんて、私もほとんど作ったことないからね」

「えっ」

「でも、美味しいよね。特に汁物なんて、体に染みるよね。それに、すっかり韓国料理は日本人になじんでいる。食べ慣れている人にとって、スパイス料理という意識はないと思うけど、トウガラシやニンニク、ショウガやナツメ、朝鮮人参《ちょうせんにんじん》。体にいい食材をうまく取り入れている」

ゆたかの言葉にみのりははっとした。

「それって、漢方薬の材料になっているよね。スパイスと似ている……」

「そういうこと！『スパイス・ボックス』流のスンドゥブにチャレンジしてみたいと思います」

みのりは、ゆたかのアイディアにすっかり興奮していた。

「一人のお客さんが多いから、やっぱり一人鍋だよね」

「ああ、そっか。鍋奉行は必要ないかぁ」

ゆたかが残念そうにため息をついた。

時々、姉の言葉は、どこまでが本気でどこまでが冗談だか分からない。

「一人鍋でいこう。タジンみたいに完成した状態でお客さんに提供するの。ウチにはカセットコンロもないしね。ランチタイムは、ご飯とセットにして定食にしよう」

「うんうん。お客さんの反応がよかったら、いずれ韓国フェアをやるのもいいかもね」

「年間計画には入っていなかったよ？」

「変更すればいいじゃない。韓国料理も野菜をたっぷり使うし、体にも優しくて、すでに日本でも人気メニューでしょ？　そこに『スパイス・ボックス』流のアレンジを加えられれば面白いよね。まぁ、それはおいおい考えましょう」

みのりよりもずっと早起きのゆたかは、今朝の天気予報を見た時から、ずっとそんなことを考えていたらしい。頭の中はすっかり韓国で、ゆず茶も風邪気味のみのりを気遣って淹れたのではなく、買い置きのびん詰めを思い出して準備していたのだろう。まぁ、スパイス入りのゆず茶のおかげで、みのりの体が温まったのは事実である。

こうして、期間限定メニューのアイディアはあっという間にまとまった。

スンドゥブの器は、大きめのスープボウルを熱々に温めて代用することにすれば、別段特別な準備もない。

何事も自分たちのアイディアでトントン拍子に進んでいく。数年間の会社勤めを経験したみのりにとって、この爽快感《そうかいかん》は何事にも代えがたいことだった。

その翌々日、みのりは店頭のメニューボードに、「期間限定！　『スパイス・ボックス』特製スンドゥブ、始めました」と力強く書き記した。

ランチタイムはライスとドリンクを付け、他のメニューと同様に消費税込み千円で統一する。

さぁ、どんどんお客さんいらっしゃい、熱々お鍋で身も心も温めてあげますよと、みのりは心の中で節をつけて歌いながら開店準備を整えた。

しかし、あいにく朝からシトシトと細かい雨が降っている。

数日前からの寒さに加えこれでは、常連の会社員の他にはあまり客数は見込めそうもない。

案の定、いつもよりもランチタイムの出足は鈍く、十二時を過ぎてようやく店内は満席となった。

新メニューのスンドゥブはおおむねランチタイムの客には好評で、「冷え込むねぇ」と腕をさすりながら入ってきた常連たちは、「えっ、スンドゥブなんて始めたの？」とすぐに飛びついた。「期間限定」とうたったのも効果大だった。

ランチタイム終了後、無人になった店内でみのりは満足の笑みを浮かべていた。

いつもなら三時でランチタイムが終了しても、一組、二組はお茶を目的に来店する客がいるのだが、悪天候の今日はさすがに神楽坂散策をする人もいないようで、表の路地には人通りもない。

みのりがカウンターの椅子《いす》に座ると、片づけを終えたゆたかも厨房《ちゅうぼう》から出て来て隣に座った。

「スンドゥブ定食、なかなか好調だったわね。やっぱり寒い時は鍋料理がよく出るんだわ。どう？　お客さん、何か言っていた？」

もちろん厨房からも客の表情は見えるはずだが、直《じか》に接しているみのりから生の意見を聞きたいのだろう。

「うん、まさか『スパイス・ボックス』でスンドゥブが食べられるなんて、考えもしなかったって」

「そうねぇ。スンドゥブがスパイス料理っていう発想には、まずならないわね。味のことは何か言っていた？」

初めて客に提供した料理がどう評価されたかと、心持ち不安な表情を浮かべるゆたかに、みのりはVサインを送った。

「体の中から温まって、午後の仕事もやる気が出たって」

「よかった」

「今日のお客さん、ほとんど常連さんだったでしょ？　新しいメニューに飛びついてくれるのって、きっとお姉ちゃんの料理を信頼しているからなんだろうなぁ」

「寒い日に熱々のメニューをぶつけたのがよかったのよ。それにスンドゥブは私たちの食生活になじんでいるから、名前を聞けばどんな料理かすぐにわかる。だから、よけいに『スパイス・ボックス』流のスンドゥブが気になったのかもしれない」

これまで姉の作るスパイス料理は、いかにも異国の料理だからこそ、想像力を掻《か》き立てられ、興味を湧かせたのだ。そして、それが客へのセールスポイントでもあった。

でも、身近なところにもスパイスを活かした料理はいくらでもある。そういうものをひとつひとつ拾い上げていくのも面白いかもしれない。そうすれば、ぐんとスパイス料理の幅が広くなる。

客のいない店内はひどく寒々しく、まだ夕方には早いというのに、窓に嵌《は》められたすりガラスの向こうはどんよりと薄暗い。いっこうに客の入ってくる気配のない玄関を一瞥《いちべつ》し、ゆたかはやれやれとため息を漏らした。

「さて、お茶でも淹れようか」

ゆたかが淹れたほのかに甘い棗《なつめ》のお茶をすすりながら、みのりは夜の営業が心配になった。

姉妹の心配をよそに、ディナータイムが始まる午後五時少し前、ガラガラと引き戸が開いた。入ってきたのは、すっかり常連の「エキナカ青年」である。「もういいっすか」と言いながら、定位置のカウンター席に腰を下ろす。

なぜ「エキナカ青年」なのかというと、彼の勤務先が、駅の構内にある立ち食い蕎麦屋《そばや》だからだ。朝早くから営業しており、もっぱら早番を任されている彼は、夕方には勤務を終えて、ふらりとやってくる。

「いらっしゃいませ。寒い雨の中、わざわざありがとう」

「寒いからっすよ。ここの料理、温まりますもん」

「梅が満開になったと思ったら、いきなりまたこの寒さでしょう？　ちょうど今日からスンドゥブを始めたの。いかがですか？」

ゆたかもカウンター越しに話しかける。

「スンドゥブ。へぇ。相変わらず、色々チャレンジしているんすね。あ、でも俺《おれ》はカレーがいいな。こんな日は、やっぱり辛いマトンカレーで熱々になりたい」

「もう帰って寝るだけでしょ？　熱々になってどうするのよ」

「寒いボロアパートに一人っすよ？　体くらい温めとかないと、凍えて眠れないじゃないですか」

ひとしきり笑いがおこる。すっかり打ち解けた彼は、客とはいえ姉妹にとっては弟のようで、気楽に会話ができるのだ。そして、彼の来店はみのりにとって、もうひとつ嬉《うれ》しい理由があった。

なぜなら、エキナカ青年が訪れた夜は、不思議と彼が呼び水となったかのように次々と客が訪れるのだ。これはもしやと期待が膨らむ。

食事を終えたエキナカ青年を見送るために外に出ると、雨はすっかり上がっていた。

雲の切れ間からは月まで見えて、アスファルトの水たまりを明るく照らしている。雨で清められた空気は冷たく澄んで、つんと鼻の奥が痛いくらいだ。

「だから、寝るだけですって。じゃあ、ご馳走様《ちそうさま》」

「よい夜を」

「うん、晴れました」

「晴れましたね」

手を振る青年に同じく手を振り返し、カウンターを片付けていると、再びガラガラと引き戸が開き、会社帰りらしき新たな客が入ってきた。

そういえば今日は金曜日である。ちょうど会社員の退勤時間に合わせて雨が上がったおかげで、それから立て続けに客が入り、あっという間に店内は半分ほど埋まってしまった。

「お姉ちゃん、エキナカ青年は招き猫だけじゃなくて、晴男でもあったんだね」

「本当ね。次に来た時、何かサービスしちゃおうかな」

みのりが感心したように店内を見渡すと、ゆたかも嬉しそうに頰を緩める。

先ほどまではひっそりとしていた店内も、今や人の熱気と、厨房のガスやオーブンの熱で、居心地のよい空間に瞬く間に変化している。

まさかこんなに忙しくなると思っていなかったみのりは、いつも以上にモチベーションが上がっていた。

やはり忙しいのは楽しい。

気づけばカウンターもテーブルも満席になっていて、どこも笑顔の花が咲いていた。

ディナータイムはアラカルトでの注文になるため、ひとつのテーブルにスンドゥブや生春巻き、マトンカレーとライスが同居している。食べたいものを自由に選べる、こんな店も面白いじゃないかと思う。

その時、またしてもガラガラと引き戸が開いた。

視線の先には、寒そうに背中を丸めた若い女性が立っていた。

「一人なんですけど、いいですか？」

よほど寒かったのか、細い声が震えている。

「もちろんです」

みのりは女性客を店内に招じ入れ、後ろ手に玄関を閉めた。

見覚えのない顔に、初めてのお客さんだろうかと記憶を辿《たど》る。

そこではっとした。満席である。頼みの綱のカウンターも、二人連れが二組並び、四席すべて埋まっていた。

今夜は二人以上のグループばかりで、どのテーブルも盛り上がっており、そう簡単に食事が終わりそうにない。ここで待たせてしまえば、店内の状況を察して、彼女は帰ってしまうに違いない。

ふと視線を上げると、カウンターの向こうからゆたかが指で店の奥を示している。

そうだ、座敷があいている！

もともとカフェだった古民家の一階をスパイス料理店に改装する時、味のある外観や内装はできる限り残したものの、一か所だけ手を加えた部分がある。それは板壁で仕切られた、納戸を改造したストックスペースだった。

姉妹は施工業者と相談して、壁を取り払って畳を敷き、座敷を作ったのだ。しかも、ここだけはオーガンジー風の布を垂らし、エキゾチックなクッションを置いて、唯一スパイス料理店らしい装飾を施したのだった。

「お座敷でもよろしいでしょうか」

「どこでも」

小柄な女性客はみのりについてくる。

そして、案内された座敷を見た途端、「あ」と小さく声を上げた。

想像していた座敷とあまりにも違ったのだろう。確かに、古民家の奥にこんな空間があるとは誰《だれ》も思わない。

「あの、ここ、私一人でいいんですか？」

戸惑ったように派手なクッションを指さす彼女に、みのりは何だか恥ずかしくなってしまった。

「あいにく、他のテーブルは埋まっているんです。何だか落ち着かないかもしれないですけど、どうぞ、ゆっくりくつろいでください」

「とんでもない。ありがとうございます！」

寒さのためか、それまで表情をこわばらせていた女性客が、その時、思いのほか嬉しそうに微笑んだ。

座敷の模様替えを検討しようかと思い始めていたみのりは、ほっと胸を撫《な》でおろした。

2

小舟綾香《こぶねあやか》は、興奮を抑えながらブーツを脱いで座敷に上がった。

お姫様の部屋みたいにかわいらしいお座敷だ。後でこっそり写真でも撮ろうかと、さりげなくポケットのスマートフォンに触れる。

今日は朝からの冷たい雨で、今シーズンはもう履かないと思っていたひざ下丈のロングブーツで出勤した。一時間ほど残業した今では、すっかりふくらはぎがむくんでいる。ファスナーを下ろしただけでずいぶん解放された気分になったが、血行が悪いのか、足の指先は冷えて固まっていた。

個室のようになっているために他の客からは見えにくいことにほっとして、綾香は手のひらでストッキングに包まれた足の指をさすった。

それにしても、驚いた。

まさか、お気に入りの古民家カフェが、しばらく来ない間にスパイス料理店になっていたなんて。

いったい、自分はいつからここを訪れていなかったのだろう。それすらも曖昧《あいまい》なほど、久しぶりだった。

外観はほとんど変わっていなかったから、店の前に来るまでまったく気づかなかった。

玄関まで来て、ようやく路地に入った時から何となく感じていたエキゾチックな香りが、この古民家から漂っていることに気づいたのだ。

まさかと思い、視線を巡らせると看板が変わっていた。

『スパイス・ボックス』

スパイス？　ならば、食欲をそそるこの香りも納得がいく。

納得はしたものの、綾香は依然として茫然《ぼうぜん》とした思いにとらわれていた。

その場に立ち尽くし、すりガラスから光を漏らす引き戸をじっと見つめる。

古民家カフェを営んでいたのは、かなり高齢のおばあさんだった。

そのくせ、夜遅くまで営業していた。

いつだったか、おばあさんが「神楽坂は夜がいいのよ」と、陶然とした笑みを浮かべながら教えてくれたことを思い出した。

それを聞いてから、綾香はここを訪れるのは夜と決めた。

おばあさんの言う通りだった。

神楽坂通りの両側にどこまでも連なる店の明かりは、まるで縁日の夜店のようで、眺めるだけで心が躍った。そこから分け入る路地の薄暗さに心もとなくなった時、ふと目に入る玄関灯の淡い明かり。メイン通りから外れた路地では、そこここに灯《とも》る店の明かりが幻想的に闇《やみ》を照らしていた。

その時、「夜がいい」と言っていたおばあさんの言葉が、綾香にもしっくりとなじんだのだった。同じ夜の繁華街でも、綾香が友人とよく訪れる、銀座や新宿、新大久保《しんおおくぼ》や下北沢《しもきたざわ》とはまったく違っていた。何というか、風情があった。

でも、さすがに夜遅くまで営業していては、おばあさんも疲れるのだろう。日が暮れると、孫なのか若い女性が手伝いに通ってきていた。

大好きなカフェだった。

メニューが地味なものばかりだからか、繁盛しているとは言い難かったけれど、おばあさんお手製のお汁粉やおはぎ、甘酒は、おばあちゃんっ子だった綾香にとってはどれも懐かしい味わいで、食べるとほっと安心することができたのだ。

おばあさんは暇を持て余しているようで、いつも話し相手をしてくれた。「若い人と話すと元気をもらえるのよ」と笑っていたけど、元気をもらっているのは綾香のほうだった。現に、彼女に会うために通っている客も何人もいるようだった。

日々、何事もなくやり過ごしているつもりでも、気づけば心の中には鬱屈《うっくつ》とした思いが積み上がっている。どこかでそれをそっと逃す場所が必要で、綾香にとっては、それが古民家カフェだった。

べつに、おばあさんに愚痴を聞いてもらっていたわけではない。ただ、普段の生活とは離れた場所を訪れ、自分のことを深く知らない相手と他愛のない話をすることで、気持ちをリセットできていたのだ。

久しぶりに、おばあさんと話がしたくなった。

こんな寒い日は、温かいお汁粉を食べ、熱い番茶をすすりながら、あの優しい声を聞きたかった。

しかし、店が変わっていた。

おばあさんはどうしたんだろう。

ふと、二階を見上げる。二階からも明かりが漏れていた。

おばあさんは、今もここに住んでいるのだろうか。

だからと言って、会いに来たと言えるような関係でもないし、そもそもおばあさんは綾香のことなど覚えていないかもしれない。

ただ、そうであってくれればいいと思っただけだ。

綾香は、もう一度、玄関の引き戸に目をやった。

しばらく佇《たたず》んでいたため、体が冷え切っている。

幸い雨は上がったが、夜になって風が出たせいで、寒さはいっそう増したようだ。

週末、さらに一時間の残業で、体は疲れ果て、おまけに空腹だった。

「お腹、空いた……」

思わず声が漏れる。

「おばあさんの、お汁粉……」

願いは虚《むな》しく、鼻先をかすめるのは、食欲をそそるスパイスの香りばかりだ。

せっかく来たんだから、何か食べて帰ろう。

思い切って、引き戸に手を掛けた。


綾香は、溌剌《はつらつ》とした雰囲気の女性店員に案内され、古民家とは思えないエキゾチックな雰囲気の座敷に座っている。

メニューブックを渡されたが、何を選んだらいいのかさっぱりわからない。

空腹なのは確かだが、スパイス料理など想定外だ。そもそも、インド料理やアジア料理なら知っているが、スパイス料理とは何というざっくりとした括《くく》りなのだろうか。

いかにもおすすめというような別紙のメニューには、「『スパイス・ボックス』特製スンドゥブ」と書かれている。韓国料理まであるのかと、ますます頭が混乱する。

韓国料理は嫌いではない。友人に誘われ、何度も食べに行っていて、家庭的なものから、最近の流行《はや》りのものまでひと通り網羅している自信がある。

というのも、友人たちが韓国のアイドルグループの熱狂的なファンで、誘われて韓国旅行にも行ったし、ここ数年、彼女たちと会う時はたいてい新大久保で待ち合わせる。

しかし、綾香自身はこれと言って、アイドルグループや韓流《はんりゅう》ドラマが好きというわけではない。韓国料理だって大好物とはいえない。友人たちが好きだから、合わせているだけなのだ。

もちろん料理を食べれば美味しいと思うし、アイドルたちもかっこいいと思う。韓国のコスメは可愛《かわい》いし、メイクも真似《まね》している。けれど、友人たちのように熱烈なファンにはなれないのである。

子供の頃から、自分はどこか冷めた性格だと思っていた。

何事にも夢中になれない。これといって、やりたいこともない。

幼馴染《おさななじみ》が吹奏楽部に入ると言えば、自分も吹奏楽部に入り、塾に通うと言い出せば、自分も塾に行きたいと親に頼んだ。今思えば、なんて主体性のない子供だったのかと思う。

けれど、常に周りに合わせて行動してきたおかげで、大きな失敗をすることもなかった。成績はそれなりに優秀、友人のマネをして東京の有名私大を受ければ現役で合格し、周りの雰囲気に流されて始めた就職活動では、茅場町《かやばちょう》に本社を構える証券会社に、彼女たちに先駆けて内定をもらってしまった。

ほとんど挫折《ざせつ》を経験したことはない。それも周りに合わせていたおかげだ。

もちろん、その時々に自分で選択してきた結果には違いないが、自信を持って頑張ったと思うことができないのである。

時々、無性に不安になる。

常に周りに誰かがいないと、自分はダメなのではないかと。

自分に影響を与えてくれる誰か。こうするべきだと導いてくれる誰か。

だからこそ、友人たちを失うのが怖い。一人ぼっちになるのが不安でたまらない。

綾香は、友人たちの趣味に合わせるのは仕方のないことだと心の中では納得していた。

そこに、自分の主体性は必要ない。なぜなら、彼女たちは、自分たちと同じ趣味、嗜好《しこう》の仲間を必要としているからだ。きっと、彼女たちも自分と同じように、一人になるのが怖いのだろう。同じように行動することで安心したいのだ。

よくわかっているくせに、それでも息詰まる時がある。

そんな時、訪れていたのが古民家カフェだった。

「ご注文はお決まりですか」

声を掛けられ、我に返った。とたんに、それまで遠のいていた店内の喧騒《けんそう》がどっと押し寄せて来る。完全に自分の世界に入ってしまっていた。それも座敷という、他の席とは隔絶された空間に案内されたせいかもしれない。とても落ち着くのだ。

「すみません、やっぱりちょっとおかしいですよね」

女性店員が、照れたように笑う。

それは、このエキゾチックな空間にこたつが置かれていることについてなのだろう。

綾香がこれほどまでにくつろいでいるのも、それが原因でもある。

「今年の冬、かなり寒かったでしょう？　せっかく座敷もあるからって、アパートから運んだんです。そろそろ片付けようかと思っていたのですが、つい後回しにしてしまって。でも、今夜はまた寒いですから、ちょうどよかったです」

かろうじてこたつ布団のカバーは、象の柄をあしらったエスニック調だ。

それにしても、何と人懐っこい店員だろうか。

綾香よりも年上だが、エプロン姿でシャツの袖《そで》をまくり上げて忙しく立ち働く姿は、自分よりもよほどエネルギッシュで若々しい。

「畳にはやっぱりこたつがいちばんです」

「ですよね。っと、ごめんなさい、ご注文はどうしましょう」

綾香の同意に表情を緩めた店員は、再びすまなそうに頭を下げる。

引っ込んだ位置にある座敷は、厨房からは死角になっているようで、後回しにしてしまったことを詫《わ》びている様子だ。

「ついこたつで気が緩んじゃって。実はまだ決まっていないんです」

何事も波風立てず。これまでの友人との付き合い方ですっかり身に付いた綾香の処世術である。

慌ててこたつの上のメニューブックを開いた綾香に、店員が訊《たず》ねた。

「お客様、もしかして当店は初めてですか？」

「え？　……はい。すみません」

申し訳ないことのような気がして、とっさに謝ってしまう。これも染みついた癖のようなものだ。聞きとがめられたら、とりあえず謝る。これでたいてい丸く収まる。

「当店は料理のジャンルが幅広過ぎて、初めてのお客様は皆様『えっ』と思われるんです。何を食べたらいいかわからないって。よろしければ、おすすめいたしましょうか」

「あ、そうなんですか。じゃあ、ぜひ」

こういう時は、相手に委ねる。

「お好みはありますか。シェフの得意料理はインドカレーなのですが、女性にはヘルシーなフォーや生春巻きが人気です。今日は寒いですから、タジン鍋を使った蒸し料理や、新しく始めたスンドゥブなんかもおすすめです。苦手なハーブはありますか？　辛いものは大丈夫ですか？」

　彼女からは、この店が好きでたまらないという雰囲気が伝わってくる。場合によっては思わず引いてしまう状況だが、この女性店員に言われると悪い気はしない。美味しいものを食べてもらいたいという気持ちがぐいぐいと伝わってくるからだろうか。

　友人と食事に行けば、たいてい、彼女たちがメニューを決めてしまう。彼女たちが食べたい店に連れて行かれるのだから、綾香に決定権がないのは当然ともいえる。

　今日は、自分の食べたいものを食べよう。

　綾香は意気込んでメニューを見つめた。

　文字の上を視線がさ迷う。知らないメニューばかりで、味の想像がつかない。次第に、スパイスが苦手だったらどうしようと不安までこみ上げてくる。もしも残したら、きっとお店の人が気を悪くするに違いない。

「すみませ～ん」

　テーブル席のほうで男性客の呼ぶ声がする。

　エプロン姿の店員は、「は～い」と応じた後、ちらりと綾香を見た。

　そうだ、この店のホールには彼女しかいない。自分がいつまでも引き止めるわけにもいかない。どうしよう、もう少し待ってもらおうか、でも、そうしたら座敷はまた忘れられてしまうかもしれない。

「あっ、コレ、えっと、スンドゥブ、お願いします」

焦った綾香は、つい食べ慣れた料理を注文してしまう。

「スンドゥブですね。かしこまりました！」

店員はにこっと微笑むと、呼ばれたテーブルのほうへと風のように去っていく。

その素早い動きに、申し訳ないような気持ちになった。自分がいつまでも迷ってしまったからだ。綾香は小さくため息をつき、店員が置いて行ったグラスを引き寄せた。

ぽってりと厚みのあるグラスの中身は、温かいコーン茶だった。ひと口飲めば、香ばしさとほのかな甘みが鼻に抜ける。

コーン茶は確かむくみに効果がある。パンパンになった足にはちょうどいい。

綾香も友人のすすめで、会社の引き出しにはコーン茶のティーバッグを常備していた。

日常生活にいたるまで、綾香は友人からかなりの影響を受けている。

でも、それも悪いことではない。

彼女たちはアイドルの追っかけをしているだけあって、美意識も高く、いつもかわいらしい。同じ店で服やコスメを買う自分も周りからは同じように見えているだろうし、綾香が髪や肌の手入れを怠らないのは、もちろん関心があるからだ。

きっと友人たちがいなければ、服にも髪にも気を配らず、休みの日は部屋に籠《こも》って、ネットフリックス三昧《ざんまい》だろう。

やっぱり友人は自分にとって必要だ。時々、一緒にいることにしんどくなったとしても。

両手をこたつに突っ込み、ぼんやりとオーガンジー風の布が垂れ下がる天井を見上げた。

ポカポカと温かくて気持ちがいい。

古民家カフェはスパイス料理店に変わってしまったけれど、建物がそのままのせいか、居心地のよさは変わらない。ちょっと不思議なこの座敷も、慣れれば妙にしっくりくる気がしてきた。

「お客様」

声を掛けられ、はっと顔を上げた。

いつの間にか、こたつの天板に頬《ほお》をくっつけて眠ってしまっていた。目をこするフリで、そっと口元の涎《よだれ》を拭《ぬぐ》う。気づかれていたら、ものすごく恥ずかしい。

店員のほうも、少しバツが悪そうに笑っている。

「ごめんなさい、起こしちゃいましたね」

「いえ、つい、気持ちがよくて」

綾香も照れ隠しに笑う。

「さっき、聞きそびれてしまって。えっと、明日はお仕事、お休みですか?」

「は?」

いきなり、何を訊《き》くんだろう。

「ええ、はい。週末なので」

「では、ニンニク、平気ですね？」

「ええ、まぁ、大丈夫です」

なるほど、そういうことか。

友人たちとよく行く女性客ばかりの韓国料理屋では、メニューに「ニンニク不使用」などとわざわざ記載されている店もある。

よかった、と店員は微笑み、「ごはんも一緒に、定食風のセットでご用意してよろしいですか？」とオマケのように訊ねた。ニンニクより、こちらを先に訊くべきではないかと思ったが、綾香は「お願いします」と素直に注文する。

店内には、色々な香りが漂っていた。

スパイス料理店というだけあって、刺激的なカレーのにおいから、ナンプラー、レモングラス、パクチー、どれも食欲をそそる美味しそうな香りだ。

温かなこたつと、心地よい人のざわめき、そして美味しそうなにおい。

料理を待つひと時の幸せを感じながら、綾香はそっと目を閉じる。

再びウトウトとしかけた時、「おまたせしました」と目の前に盆が置かれた。

見慣れたスンドゥブとは違い、大ぶりのスープボウルの中で、真っ赤な液体が盛んに湯気を上げていた。おぼろ豆腐が数か所、ぽっかりと姿を覗かせ、真ん中に卵。赤いスープに、小口切りのネギの緑が鮮やかだ。

「ものすっごく熱いですから、お気をつけて。実はウチのシェフったら、舌を火傷して一昨日《おととい》からブチブチ文句言っているんです」

「まさか、スンドゥブで？」

「いえ。ゆず茶です。まったく、猫舌のくせに」

エプロン姿の店員が、言葉の途中で思い出し笑いをする。

その後ろを、大皿を持ったコックコート姿の女性が通り過ぎた。すれ違いざま、こちらに向かって「こら、みのり、余計な事言わないの！　三番テーブルさんお会計よ」と軽くにらむ。どうやら、彼女がこの店のシェフらしい。

「ハイハイ」と、エプロン姿の店員がレジに向かうと、料理をテーブルに運んできたシェフが戻ってきた。

「すっかりお待たせしてしまったようで申し訳ありませんでした。妹と二人でやっているもので、忙しくなるともうバタバタなんです」

えっ、まさか姉妹？

ぽかんとする綾香に、シェフはにこりと微笑む。

「どうぞ、冷めないうちに。ただし、火傷にはお気をつけて」

「あっ、はい。えっと、熱々のゆず茶って、ホント熱いですよね。とろっとして冷めにくいし……」

「そうなんですよ！　お客様も猫舌ですか？」

「猫舌というか……、熱い物が好きなので、しょっちゅう、舌は火傷します」

ついつい綾香も応えてしまう。

妹らしき店員に「オーダー入りました」と呼ばれ、シェフが厨房へと戻っていく。それがなければ、もっと話したそうな雰囲気だった。

改めて、綾香は盆の上を見る。

先ほどより湯気の勢いは衰えたものの、いまだに熱そうなスープボウル。その横には白米の器。ちゃんとツヤッとした日本の米だ。横長の皿には、三種類のナムルらしきものが盛られていた。よく見かけるスタイルである。

まだスンドゥブは熱そうなので、綾香はナムルから箸《はし》をつけることにした。

左端は緑色の野菜だ。小松菜かほうれん草と思ったら、クレソンだった。ほろ苦さをゴマ油の香ばしさが緩和してくれ、予想外の美味しさについ一気に食べてしまう。

もっと食べたいなと思いながら、隣に箸を伸ばす。

次はコロコロとしたひよこ豆と、同じサイズの角切りキュウリの和え物だった。ナムルというよりも、いかにもスパイス料理店っぽい付け合わせだ。岩塩の風味と、わずかな酸味と辛味。これは箸休めに残しておこうと思う。

そして最後は赤色の部分。ここは普通ならキムチでくる。しかし、皿の上にあるのはどう見てもスライスされたタマネギだ。赤い色はトウガラシだが、酸味とタマネギ自体の辛味がなんとも爽快だ。これも残しておこう。

ようやく綾香はスンドゥブに取り掛かった。スプーンで底をさらうようにかき混ぜてみると、ガラガラと硬いものに触れる。

あ、ちゃんと殻付きのアサリもたくさん入っている。

いい出汁《だし》が出て、それだけで間違いなく美味しいはずだと嬉しくなった。

まだ卵を崩さずに、上澄みだけすくい、ふうふうと冷まして慎重にスプーンを口に運ぶ。

こくんと飲み込み、綾香は目を見開いた。

何、これ。ものすごくニンニクが効いている！

確かめるように、今度は先ほどよりも多めにスープをすする。やっぱり、かなりニンニクが使われている。もともとトウガラシの辛さも効かせているところに、後からピリッとくるのは間違いなくニンニクの辛みだ。なんと容赦がないスンドゥブだろう。

容赦がない刺激だけど、お出汁もしっかり出ているから、何とも味わい深い。

辛さにしびれた舌を休ませようと、柔らかな豆腐を割り、卵を崩す。豆腐もしっかりとした弾力があり、大豆の甘みが口の中をほっとひと休みさせてくれた。

最後に、アサリと一緒にスプーンがすくい上げたのは、何とニンニクの芽だった。スープをたっぷり吸って柔らかく煮溶け、口の中に甘みが広がる。

今まで色々な店でスンドゥブを食べたが、こんなのは初めてだった。

体が熱くなる。ぶわっと、体中の毛穴が開くような気がする。

トウガラシとニンニク、何という最強コンビか。どうりで、先ほど店員が「ニンニクは平気か」と訊きに来たわけだ。まさか、これほどとは。

ごはんを食べ、スープを飲み、付け合わせの野菜に箸を伸ばす。

味が濃いから、ごはんも進んでしまう。いつもならこの半分の量で充分なのに、茶碗《ちゃわん》に盛られた白米を全部食べきってしまった。

最後はコーン茶を飲み干し、ようやく息をついた。

そっとおしぼりで額の汗を押さえる。辛みのせいか、今も胃の中が湯たんぽを抱いたように温かい。

「お茶のおかわり、いかがですか」

タイミングよく、エプロン姿の店員がやってきた。空になったグラスを手に取ると、持って来た急須《きゅうす》からコポコポとお茶を注《つ》いでくれる。

綾香の目は、その急須にくぎ付けになった。

熱いお茶を注ぐ、店員の手に既視感を覚える。

手元を凝視した綾香には気づかず、店員はすっかり食べ終えた盆の上を見て、「お口に合いましたか」と訊ねた。

綾香は慌てて店員の手元から顔へと視線を移した。

「最初にニンニクは平気かと訊かれた理由がよくわかりました。驚きましたけど、癖になる味というか、食べ始めたら止まらなくなってしまって……」

空になったスープボウルを見れば、一目瞭然《いちもくりょうぜん》だろう。店員は嬉しそうに顔をほころばせた。

「よかった！　あんなにニンニクが効いたスンドゥブ、ほかにありませんよね。ランチタイムはなんとかシェフを説き伏せて、ニンニク控えめにしたんです。だって、あれを食べて会社に戻ったら、みんなビックリしますよね？　でも、夜だけはあれで行きたいって。まったく、ウチのシェフは頑固者なんです」

なるほど、確かにあれだけニンニクが効いていれば、しばらくはにおうだろう。真っ昼間から食べる料理ではない。

「もう、聞き捨てならないなぁ。どうせなら、食材の効果を思う存分発揮させたいじゃない。熱々のスープはそれだけで体も温まるけど、スンドゥブにはそれだけじゃない効果がたくさんあるんだから」

いつの間にか、シェフまで顔を出している。やはり料理の感想が気になったのだろう。

「トウガラシは発汗を促し、エネルギー代謝を活発にして、体脂肪燃焼にも効果があるっていうのはよくご存じですよね。ダイエットに興味がある女性にも人気の食材です。においが気になると嫌厭《けんえん》されがちなニンニクですけど、こちらにも冷え性の改善や、疲労回復に役立つものなど、様々な成分が含まれていて、女性にも心強い食材なんですよ。スタミナをつけようって時に食べる料理は、たいていニンニクが効いていますもんね。季節の変わり目の、急に冷え込んだ週末に、滋養溢《あふ》れる料理で身も心も温まってほしいっていうのが、『スパイス・ボックス』のスンドゥブなんです」

にこにこと微笑みながら説明するシェフに、綾香は思わず聞き入ってしまう。

「本当にその通りかもしれません。今も体中がポカポカしています。あっ、それに、付け合わせの野菜もすごく美味しかったです」

シェフがさらに瞳《ひとみ》を輝かせた。

「ああ！　クレソンはナムルにしても美味しいですよね。あとの二種類はどちらもインド料理です。豆のサラダと、アチャールというタマネギのインド風漬物で、まぁ、キムチの代わりですね。発酵食品ではありませんが、使っているスパイスには消化を促す働きがあります。お口に合ってよかった」

そこでシェフは、ふと綾香の顔色を窺うように、「まだ、お腹に余裕ありますか？」と訊ねた。

「ええ、まぁ、多少は」

今度はぱっと顔を輝かせ、「少々、お待ちくださいね」と厨房へと駆けこむ。

呆気《あっけ》に取られて見送る綾香に、エプロン姿の店員が苦笑を向ける。

「きっと、何か出してくると思いますよ。シェフ、お客さんに料理を食べさせるのと、蘊《うん》蓄《ちく》を聞かせるのが大好きなんです」

正確にはお腹はいっぱいだったが、シェフが何を出してくれるのか楽しみでもあった。

「おまちどおさま」

戻ってきたシェフが差し出したのは、湯気を上げる小鉢だった。

「あ」

「そう、ミニお汁粉です」

「お汁粉！」

「韓国って、お餅《もち》のお料理やお菓子がいくつもありますよね。小豆は糖質の消化を助け、水分の代謝もサポートしてくれるので、むくみにも効きます。これくらいの量なら食べられるかなと思いまして。甘さは控えめ、お餅といっても、白玉団子がふたつだけですから」

「美味しそう！　いただきます」

綾香は添えられた木製のスプーンを手に取った。

「お姉ちゃん、昼間何かを煮ていると思ったら、まさか小豆だったとは……」

「だって、こう寒いとお汁粉が食べたくなるじゃない。お正月はお雑煮しか食べなかったし」

姉妹の会話を聞きながら、綾香はスプーンにすくった白玉にふうふうと息を吹きかける。

ふっくらとした歯ごたえに、なぜか懐かしさがこみ上げる。

こうして、自分はいつもここでおばあさんのお汁粉をすすっていたのだ。

懐かしい天井の梁《はり》を見上げて、綾香は溢れる思いを嚙みしめる。

優しい味わいが似ている。

おばあさんのお汁粉はもっとずっと甘かったけれど、食べる相手を慈しみ、美味しいものを、体にいいものを食べさせたいという思いが同じなのだ。

古民家カフェの後にできたのが、この店でよかった。つくづく綾香は思った。

その思いを、白玉団子と一緒に、嚙みしめ、飲み下す。

また、来よう。

一人でまた来て、今度こそ、今まで知らなかった料理に挑戦してみよう。

大丈夫、あの店員とシェフなら、メニュー選びの相談にも喜んで乗ってくれるに違いない。

「ご馳走様でした」

こたつから出ても、すっかり体が温まったおかげで寒さは感じなかった。

ブーツに足を入れ、ファスナーを一気に引き上げる。先月、友人たちと仕事帰りに新大久保に飲みに行ったときは、このブーツがきつくて、きつくてたまらなかった。

「スンドゥブも、お汁粉も、どちらもすっごく美味しかったです」

「それはよかったです」

最初は満席だった店内も、いまでは半分ほど空席になっている。手が空いたのか、シェフまで見送りに出てくれていた。

「あんなスンドゥブは初めてでした」

「韓国料理はよく行かれるんですか？」

シェフが訊ねた。

「ええ、まぁ」

「今度、よかったらおすすめのお店、教えてください。私、実はあまり行ったことなくて。でも、今回色々と勉強したらどんどん興味が湧いてきちゃったんです。どうせなら、マニアが通う店に行ってみたいんです」

「お姉ちゃん！　マニアはあなたでしょ」

「あっ、すみません」

綾香は今度こそたまらずに吹き出した。

「もちろんです。いくつかあるので……そうだ、リストアップして、今度持ってきます！」

「本当ですか」

シェフが瞳を輝かせる。

「はい。必ず。その代わり、私にもスパイス料理を教えてください」

「もちろんです。喜んで！」

お会計は、スンドゥブ定食の分だけだった。お汁粉はシェフからのサービスだという。座敷に注意が行き届かず、混雑のためにいつまでも待たせてしまったお詫びだそうだ。

綾香も居心地のよさにすっかりうたた寝をしてしまっていたので、もしかしたら、自分が思うよりもずっと長い時間待たされていたのかもしれない。何せ、店はもう閉店時間なのだから。

おかげで、心も体もすっかり温まった。

いつも友人に連れまわされている自分が、こうして初めての店に入り、スタッフとも親しくなれたことに驚いていた。何だか、とてつもなく大きなことを成し遂げたような気持ちになっている。

姉妹に見送られて外に出ると、空はすっかり晴れて、地面に残った水たまりに街の明かりが揺らめいていた。吐き出す息は白く、闇と明かりに紛れて流れていく。

『神楽坂は夜がいいのよ』

本当にその通りだ。

綾香は、週末でにぎわう神楽坂通りに出て、東西線の駅を目指す。

『スパイス・ボックス』は閉店時間だったが、メイン通りの店はまだ煌々《こうこう》と明かりを灯し、大人たちが楽しげに行きかっていた。

3

数日前の寒さはどこへやら、今日の神楽坂は暖かな陽《ひ》ざしに包まれている。

外堀通りから神楽坂通りにつながる庚嶺坂《ゆれいざか》を上ってきたみのりは、ふと足を止め、すっかり散ってしまった梅の枝先を見上げた。

ランチタイムの営業を終え、たまには交代で休憩でも取ろうと、店を姉に任せてふらりと散歩に出かけたのだった。

とはいえ、限られた時間では足を延ばす範囲も限られている。

神楽坂通りを下り、『スパイス・ボックス』が入る古民家を紹介してくれた飯田橋駅前の堀田《ほった》不動産に久しぶりに顔を出そうと思ったのは、まったくの思い付きだった。

飲食店向け物件に定評がある堀田不動産は、みのりが厨書房で働いていた頃からの付き合いである。社長の顔を見るなり、「最近の店舗向け物件はどんな具合ですか」などと訊いてしまうのは昔の癖だ。

閉店に新規開業。相変わらず飲食業界の動向は目まぐるしく、好立地、好条件の物件が空けば、すぐに借り手が現れる。需要と供給はトントンといった状況で、逆に言えば、以前からずっと空き店舗だった物件は結局ずっと借り手が見つからないということだ。人流、周りの競合店、何かしら問題が多いのだろう。

「ホント、みのりちゃんはいいタイミングであの物件に出会ったよね。そういうのって、運命というか、縁みたいなものだと思うよ」

堀田社長はみのりが途中で買ってきたみたらし団子を頬張りながら、何度も何度も頷いている。みのりにもお茶を勧めてくれながら、もう一本団子に手を伸ばす。

「だってさ、みのりちゃんが押さえた後にも、何回も問い合わせがあったからね。古民家カフェ、閉店したみたいだけど、売りに出ていないのかって」

「それは社長が真っ先に知らせてくれたからです。それに、買収が条件だったら、とても無理だったなぁ。今だって、家賃でやっとですもん」

「あの時、みのりちゃんの顔がぱっと浮かんだんだよね。都心で店をやりたいって言っていたし、神楽坂なら厨書房からも近くて、土地勘もあるでしょ。なにせ、僕も通えるしね。それにあの古民家、売りには出さないと思うよ。白石《しらいし》のおばあさんは亡くなったけど、ホラ、今も二階に大家さんが住んでいるでしょ。白石さんのご親族。代々、あの場所で暮らしていたから、愛着があるんだろうね」

「ああ、なるほど。でも、本当にいい建物ですもん。柱の一本を見ても、大事に手入れをしてきたのがわかります。契約した時から、内装も外装もほとんどあのままで行こうって決めていました」

堀田社長はうんうんと頷いている。

「やっぱり、みのりちゃんだったんだよ」

その大家には、契約時と開店の挨拶《あいさつ》の時しか顔を合わせていない。

スパイスの香りが気にならないかと常々心配しているのだが、何も言ってこないということは問題ないということなのだろう。もっとも、堀田社長によれば留守がちな人らしい。

「私、あのカフェの甘酒が大好きだったんですよねぇ。ショウガがかなりピリッと効いていて。ほら、私、料理雑誌の編集部にいたでしょう？　時間は不規則、食事も不規則、ストレスたまりまくりで、頭も体もクタクタ。周子先生のご自宅に原稿を取りに伺った帰り、実はこっそり寄り道していたんです。懐かしいなぁ、おばあさんの甘酒」

「僕はね、お彼岸の頃に作ってくれるおはぎが好きだった」

「なんだ、社長もあのカフェ、通っていたんですか」

「まぁ、神楽坂は僕の庭だからね。それに、できるだけ歩かないと」

団子を食べ終えた社長は、見事に出っ張った腹を手のひらでポンポンと叩《たた》く。

「あ、まさに腹鼓」

「はは、みのりちゃんには敵《かな》わないな。そうそう、だから『スパイス・ボックス』さんのカレーも毎日食べたいんだけど、そうもいかないわけ」

相変わらず切り返しもうまい。勉強になるなぁとみのりは思う。

それにしても、古民家カフェは閉店してもなお、かつての客の心の中にしっかりと刻み付けられている。あの佇まい、ほっこりとしたおばあさん、そして、手作りの味わい。今でも温かく心に残っている。

形は違えど、その店を引き継いだことに大きな責任を感じる。

それは古民家に染みついた、温かく客を迎え、包み込むように癒《いや》していたおばあさんの思いのせいかもしれない。

「さ、頑張るぞ！」

新たな決意を胸に、みのりは堀田不動産を後にした。


店に戻ると、本棚の前に立ったゆたかが料理雑誌を眺めていた。

「あれ？　もしかして、お客さん来なかった？」

お土産のみたらし団子を差し出すと、モチモチとしたものが大好きな姉は「やったぁ」とさっそくお茶を淹れ始める。

「お客さんは一人だけ。ほら、神楽坂駅の近くのお豆腐屋さん。チャイを飲んで、さっきお見送りしたところ」

「ああ、スンドゥブで使ったお豆腐の？」

スンドゥブは、これまでにない突発メニューだった。たいていの食材はいつもの業者さんに頼めば持ってきてくれたが、豆腐だけは、ゆたかが自分で選んだものを使ったのだ。

やわらかくとろけ、かつ、力強いスープの味に負けない、しっかりとした大豆のうま味がほしい。そこで思いついたのが、散歩の途中で立ち寄ったことのある、神楽坂商店街の小さな豆腐屋だった。

店を継いだ四十代の息子がなかなか研究熱心で、買い物ついでに気さくに話をする間柄になっていた。しかも丁寧に作られた彼の豆腐がすこぶる美味しいのだ。

期間限定のスンドゥブに豆腐を使わせてほしいと頼むと、喜んで応じてくれたが、仕入れ価格としては割高になってしまうのは、お互いに個人店として状況を理解できるだけに、目をつぶらざるを得なかった。

そこで、ゆたかが思いついたのは、ランチタイムとディナータイムで豆腐を使い分けるというアイディアだ。もともと、ニンニクの効いたスープはランチではどうかとみのりが説得している最中のことだった。

昼のほうが、夜よりも圧倒的に客数が多く、スンドゥブの注文もそれに比例することは間違いない。

ランチタイムはマイルドなスンドゥブ、夜はパンチの効いたスンドゥブと変化をつけることにし、使用する豆腐も、昼は仕入れ価格の安いなめらかな絹、夜はしっかりした味のおぼろと使い分けることにしたのだった。

その豆腐屋の店主が、どうやら茶飲み話に訪れたらしい。

「あのお豆腐屋さんもね、今は色んな豆腐にチャレンジしているんだって。豆腐はいかにも和食っていう食材だけど、ヘルシーだって海外でも人気があるでしょ？　神楽坂は外国人観光客も多いし、日本のお客さんも、今は舌が肥えていて新しい味に興味がある。絹や木綿、おぼろだけじゃなくて、色んなフレーバーの豆腐も研究しているんだって。スパイスも参考になるって言っていたよ。色合い、風味、そして効能。いろんな可能性を秘めているって」

「最近は豆腐だけじゃなくて、大豆を使った製品が注目されているし、商店街の昔からの豆腐屋さんも、新しい物に目を向ければ、まだまだ色んな可能性があるってことだよね」

「そうそう。こうやってご近所さんと情報を交換したり、協力し合ったり、何だかワクワクするね。私たちもすっかり神楽坂になじんできた感じ。お店のスタッフだけじゃなくて、お客さんも行き来するようになればもっと活性化するね」

「うん。スンドゥブは昨日までだったけど、また何かの時に豆腐も使えたらいいよね。あっ、メニューに『池田《いけだ》豆腐店の豆腐使用』って、書いておけばよかった！」

「確かに。申し訳ないことしちゃったね」

気のよさそうな店主の顔を思い出し、姉妹は「しまった」と繰り返すが、後の祭りである。

突発的なメニューのスンドゥブが終われば、次はいよいよハーブ料理のフェアが待っている。


その週の金曜日の午後八時、ガラガラと店の引き戸が開いた。

週末の夜はいつにも増して盛況だ。この時間は、ディナータイムが始まると同時に来店した客と、遅れて街に繰り出した客とがちょうど入れ替わる時間帯である。

あたふたと空いたカウンターを片付けていたみのりは「いらっしゃいませ」と声を上げて「あら」と目を丸くする。

ちょうど一週間前、こたつでうたた寝をしていた若い女性が「こんばんは」と笑みを浮かべていた。

女性の一人客は珍しくないが、座敷に案内した彼女のことは、みのりもよく覚えていた。細身で髪もサラサラ、ちょっと可憐《かれん》な印象の彼女が、ニンニクの効いたスンドゥブとごはんをすっかり平らげたのである。

「先日はどうも」

ぺこりと彼女が頭を下げる。

「あ、いえ。こちらこそ。今日はカウンター席、いかがでしょう」

「はい、お邪魔します」

春らしいスモーキーピンクのスプリングコートをさらりと脱ぎ、カウンター下の棚に置く。コートの下はふわふわの薄手ニットで、彼女によく似合っていた。

「先週のニンニク、大丈夫でした？」

つい気になって、みのりは訊ねる。

きょとんとした彼女は、屈託なく明るく笑った。

「ああ、ものすごくにおいました！　たぶん、帰りの電車でもプンプンしていたんでしょうね。あ、ウチ、東西線の中野なんですけど、何だか、周りの人がチラチラ見るんです。ニンニク臭い女なんて、ちょっと面白いですよね」

彼女の家は近所ではなく、会社帰りに途中下車して立ち寄ってくれたらしい。

みのりのほうが申し訳ない気持ちになってしまった。

「翌日も部屋の中にニンニク臭が漂っていました。自分でもわかるんだから相当ですよね。一歩も家から出ずに、スマホで映画三昧です。おかげでのんびりできましたよ。そのせいか、月曜日からは元気溌溂、お肌の調子もいいんです」

「それはよかったです。体の巡りがよくなったんでしょうね。熱くて辛いものは発汗を促します」

カウンター越しのゆたかの言葉に、彼女は頷く。

「私、普段は運動なんてしないから、汗もかかないですもん。そうそう、これ、この前お話しした、おすすめの韓国料理店のリストです。新大久保あたりが多いんですけど。あ、本格的っていうよりは、今時の店ばかりかも」

「ありがとうございます！　流行《はや》っているお店も気になります。今度、妹と行ってみますね！」

ゆたかは嬉しそうにメモを受け取った。

みのりは横からメニューを差し出す。

「今日はどうしましょう。スパイス料理にも興味がございますか？」

先週の帰り際、スパイス料理を教えてほしいと言っていたのを思い出した。

「食べたことのない料理を食べてみたいです。でも、スパイス料理はよくわからなくて……」

「インドカレーも？」

「はい。街中でよく見かけますけど、ちょっと入りにくくて。カレーと言えば、家のカレーかファミレスです」

「欧風カレーですね。今夜はインドカレーに挑戦してみませんか？」

「はい、挑戦します！」

なぜか彼女はぎゅっと拳《こぶし》をにぎる。

「苦手なものはありますか？　マトンカレー、チキンカレー、ベースもクリーミーなものから、辛いもの、ちょっと珍しいところでは、ホウレンソウを使った緑色のカレーもありますけど」

「マトンも平気です。友達とジンギスカンも行きますから」

「じゃあ、ホウレンソウベースのマトンはいかがですか」

「お願いします！」

ベストチョイスだとみのりは思った。

どうやら彼女は、美容やファッションにも気を遣うイマドキ女子だ。ホウレンソウをそのままミキサーでペーストにしたカレーなら野菜も摂れるし、加えられたクリームのマイルドな口当たりはきっと気に入るだろう。体を温める羊の肉も女性にはぴったりである。

みのりは、自分よりかなり若い彼女を、眩《まぶ》しいような思いで眺めた。

自分もまだまだ若いつもりでいても、取り戻せない輝きもあると思ってしまうのだ。

「お飲みものは何かご用意しますか？」

彼女は振り向いて、後ろの客のテーブルに置かれているドリンクを眺めた。

自家製のミントをたっぷり使ったモヒートや、アジアの小瓶のビール、ワイングラスを傾けている客もいる。

「いろいろとあるんですねぇ」

「お酒もお茶も、ドリンクメニューも豊富なんです」

「お酒も好きなんですけど、今夜はお茶にしようかな。この前と同じ、コーン茶をください。初めてのインド料理ですから、ちょっとドキドキしているんです」

「かしこまりました。コーン茶なら、サービスでお出しします」

みのりはにっこり笑って厨房に向かった。

スンドゥブに合わせて突発的に仕入れたお茶だったが、なかなか美味しくてみのりも気に入っていた。ゆたかなどは、夏になったら自分で作ってみようなどと言い出している。

小さなお盆にのせ、急須ごと耐熱のグラスと一緒にカウンターに置いた。

「どうぞ、今は他のお客様にはお出ししていないので、このままお使い下さい」

女性客は盆の上の急須を凝視している。

南部鉄器風の古びた急須だ。

「どうかしましたか」

「その急須……」

「ちょっとコーン茶には不似合いなんですけど、サイズがちょうどよくて……」

「いいえ、そうではなくて、それ、古民家カフェの時から使っていますよね？」

「えっ」

顔を上げた女性客は、じっとみのりを見つめていた。

「お客様、古民家カフェをご存じなんですか」

「先週、本当は、おばあさんのお汁粉を食べようと思って、ここに来たんです」

これにはみのりも驚いた。

「そうだったんですか。……お店が変わっていて、驚かれたでしょう」

あるはずのものがなくなっていた。どれだけショックだったろうか。

「はい、驚きました。夢でも見ているのか、何かの間違いじゃないかって、しばらくお店の前で茫然としちゃって……」

「寒い日でしたよね」

「そう。もう本当に寒くて。お腹も空いちゃって、それで、ここに入ったんです。とてもいいにおいが漂ってきたから」

確かにあの夜、凍えたように背中を丸めていて、こたつのある座敷に案内すると、嬉しそうにはしゃいでいた。

「ここに入って、よかったです」

「おばあさんのお汁粉が、スンドゥブになっちゃったんですね」

彼女は笑いながら頷く。

「でも、美味しかったです。それに、最後にはお汁粉も食べられました」

「あれは、本当に偶然です」

「店員さんは、あのおばあさんのご親戚《しんせき》かなにかですか？」

「いいえ。古民家カフェが閉店したので、その後でここを借りたんです」

「じゃあ、その急須は？」

「……実は、改装した時に見つけたんです。ほら、先週ご案内したお座敷。あそこ、カフェの時は壁で仕切られていて、物置のようになっていました」

「ああ！　ほとんど変わっていないなって思ったけど、何だか広くなったように感じたのは壁がなくなったからなんですね！」

「そうです。そこの戸棚に、この急須がひとつ、置かれたままになっていたんです。きっと閉店の片付けの時に忘れてしまったんでしょうね。実は、今も以前のオーナーのお身内が上に住んでいて、届けに行ったんですけど、そのまま使ってくれて構わないとおっしゃるので、使わせていただいています。サイズも、ずっしりとした重さも何だか気に入って、お茶が冷めにくいのもいいですよね」

「おばあさんは……」

彼女は途中まで言いかけて、小さく首を振った。「おばあさんも、そんなことを言っていた気がします」

おばあさんが亡くなったことは、あえて伝える必要もないだろうとみのりは思った。

「常連だったんですか」

「……ってほどではないんですけど、来るたびに話をしていました」

「実は、私も古民家カフェの客だったんです。同じく、常連というほどではないですけど」

「そうなんですか」

　女性客は驚いたように大きな目をさらに見開く。

「ええ。飯田橋の会社で働いていたので、息詰まった時にここに来ていました。何というか、避難場所です。私は甘酒がお気に入りでしたね」

「私も、ここに避難していたのかもしれません。会社と学生時代からの友人。人間関係が悪いわけではないんですけど、ちょっと疲れてしまうことがあって、たまに一人になりたくなるんです。神楽坂は会社と家との中間地点で、知り合いに会うこともありませんから、途中下車して、フラフラとさまよっている時に偶然見つけたのが、この古民家カフェだったんですよね。一人になりたいって言っても、家に籠るのはちょっと違うんです。周りに誰かがいる、でも干渉されない距離感というか……」

「わかります。何だか、癒されるんですよねぇ、あのカフェと、おばあさん」

「そうそう。お話をして、甘い物とお茶をいただいて、『よし、また頑張るか』って」

「私も、ずいぶんあのカフェに癒された気がします。だから、今度は自分がここで、そういうお店を作りたいなって思っているんです。くたびれた人がちょっと立ち寄って、美味しいもので疲れを癒せるお店です」

「頑張っているだけじゃ、疲れちゃいますからね」

みのりと女性客は、そっと後ろを振り返った。

テーブル席は、一週間の仕事を終えた人々で満席になっている。

「先週、その急須を見て、ちょっとほっとしたんです。お店は変わったけど、古民家カフェがここにあったのはちゃんと現実なんだなって。おばあさんがいて、私も確かにここに来ていた。夢じゃなかったんだって。私、時々、自分がふわふわ生きているようで不安になる時があるから……」

その時、ゆたかが熱々のカレーと焼きたてのロティを運んできた。

さっそくちぎったロティをカレーに付けて口に入れた女性客は、「美味しい」と満面の笑みを浮かべた。

「大丈夫。お客様は今、ちゃんとこの店で、インドのカレーを食べていますよ」

「そうですね。ちゃんと食べています。ホントに、こんなに緑色なんですね」

「ホウレンソウの色です。他にもいろんなカレーがありますし、カレー以外にも美味しいスパイス料理がありますよ」

ゆたかの言葉に彼女は頷く。

「これからは、ここに通います」

みのりは半分ほど減っていたグラスにお茶を注ぎ足した。

「嬉しいです。私も、この急須はこれからも大切に使わせていただくつもりです」

「このお店にも、ぴったりだと思います。だって、たぶん店員さんはおばあさんと同じことを考えていますもん」

女性客はみのりに向かってにっこりと微笑んだ。

カレーを食べ終え、最後はチャイを飲んだ女性客は、見送りに出た姉妹と一緒に、『スパイス・ボックス』の入る古民家を見つめていた。

「ここのお店、これまでは私一人のお店でした。でも、今度は友達を連れて来てもいいですか？」

「もちろんです。ありがとうございます」

「こんなに美味しいお料理ですもん。友達にも、ぜひ教えてあげたくなりました。食べ歩きが好きな子ばっかりなんです。いつも誘ってくれて、私はついていくばかりで……」

彼女は視線を足元に落とす。今日は淡い色合いの服装に合わせたベージュ色のパンプスを履いていた。

「実は、こんなふうに思ったのは初めてなんです。たぶん、この前いただいた、ここでしか食べられないスンドゥブのおかげです」

なんだか、色々と吹っ切れました、と彼女は笑った。

これまで、ひたすら友達に合わせてきて、それでもいいと思ってきたけれど、だからこそ、時々どうしようもなく自分というものが心もとなくなってしまうことに気づいたのだと言う。

「私にだって、ちゃんと好きなものがあって、美味しいと思う料理がある。誰かに教えたいって思うのは当然ですよね。友達と一緒にそれを食べたら、もっと楽しいのかなって、今頃気づきました」

「それだけじゃありませんよ。お友達とくれば、一度に何品もお料理を注文できます。一人では何回通っても食べきれない料理を、色々と味わえるんです」

「そっか。そうですよね！」

彼女は嬉しそうに帰っていく。路地の古びたアスファルトに、ヒールが嵌まったりしないかというみのりの心配をよそに、彼女の足取りは軽やかだった。

「あんなに若くてかわいらしい女の子でも、やっぱり色んな悩みはあるんだねぇ」

何気なくみのりが言うと、ゆたかは微笑みながら、「人間だもの」と、相田みつをの名言を口にする。

「古民家カフェのお客さんだったのね」

「うん」

「私はそのカフェを知らないけれど、こうやってお客さんがつながっていくこともあるのね。大切にしないとね」

「本当。やっぱり、この場所でお店を始められたのも、何かのご縁があったのかなぁ」

「縁もあるけど、人とのつながりは自分で作るものだからね。さて、私もいつかこのお店がなくなっても、あのシェフの料理は美味しかったたって思い出してもらえるように、もっと頑張らなきゃ！」

「お姉ちゃん！　縁起でもない！」

慌ててみのりは店内に入った姉の後を追う。

しかし、妙に納得してもいた。

確かに人とのつながりは自分で作るものだ。

これまでの自分があったから、こうして今に結びついているのだから。

第二話　チキンの香草パン粉焼き　失恋に効くローズマリー

1

午前指定の宅配便で大きな段ボールが届いた。

みのりは、すっかり顔見知りになったイケメンの宅配業者をぼんやりと見送った。

みのり好みの細身で笑顔が爽《さわ》やかな好青年。一日中、台車に荷物を載せて神楽坂を走り回っているのだ。スレンダーだが、きっとほどよく筋肉も付いているに違いない。

「ちょっと、みのり！　いつまでぼーっとしているのよ。早くその荷物、こっちに運んでちょうだい」

厨房《ちゅうぼう》からゆたかに呼ばれ、みのりははっと我に返った。

抱え上げた段ボールはかなりの大きさだが、重さはない。段ボールを通して、爽やかな香りさえ漂っているような気がする。

「もう、また宅配便のお兄さんに見とれていたんでしょ！　はい、段ボールはここ。今日は忙しいんだから、しっかりお手伝いしてね！」

姉にすっかり見抜かれていた気恥ずかしさに、みのりは無言で段ボールを開ける。粘着テープをはがしたとたん、蓋《ふた》に無理やり押さえつけられていた中身が元気よく飛び出した。たわむように詰め込まれていたローズマリーである。

その瞬間を目撃したゆたかが笑いだした。

「お母さん、無理やり詰め込み過ぎ！」

しなやかな枝ぶりのローズマリーの下にはミントやパセリ、バジルが入っていて、何とも清々《すがすが》しいハーブの香りに店内が包まれる。

房総半島の実家の一角に、ちょっとしたハーブ園がある。もともとはゆたかの夫、柾《まさき》が始めたものだったが、今は母親のさかえが引き継いで、世話をしてくれているのだ。

ほとんど手がかかることがないハーブばかりを植えたため、水やりと草むしり以外はほとんど放置しているというが、これだけの量を収穫するのも、高齢のさかえには大変だったのではないかと思う。

三月に入り、連日穏やかな陽《ひ》ざしが差し込んでいる。

神楽坂もそぞろ歩きをする人々が増えてきて、『スパイス・ボックス』でも春らしい新メニューを計画していた。そこで、必要となったのが、実家のハーブなのだ。

「さぁ、やりますか！」

ゆたかが意気込んで腕まくりをする。

今日は定休日なのだが、ハーブメニューの仕込みを一気にやってしまおうということになり、姉妹は店にやってきたのだ。

幸い店の売上は好調で、つまりは忙しい。

『スパイス・ボックス』は二人で切り盛りしているため、日々の営業の傍ら、普段とは違う作業をするのはなかなか難しいのだ。休日出勤する代わりに、お昼は二軒隣りの蕎麦屋《そばや》『手打ち蕎麦　坂上《さかうえ》』で食べようと、食事の算段にも抜かりはない。

「じゃあ、まずローズマリーを乾燥させましょう」

「えっ、どうやって」

「本当は自然乾燥と行きたいけど、ここ、陽当たりがあまりよくないからオーブンを使うの。みのり、天板にオーブンシートを敷いたら、枝ごとローズマリーを並べて。そうねぇ、百度くらいに温めておけばいいかしら。オーブンに入れたら、焦がさないように、ちょうどいい所で取り出して」

「ちょうどいい所ってどこよ？」

「触ってみるの。生っぽかったらダメよ。保存しているうちにカビちゃうから」

相変わらずゆたかの説明は大雑把《おおざっぱ》である。でも、こと細かに言われるよりは気が楽だ。

今日の予定は、大量のローズマリーを乾燥させることと、フレッシュなローズマリーでフォカッチャを焼くことである。

みのりはローズマリーの枝をキッチン鋏《ばさみ》で適度なサイズに切り、言われた通りに天板に並べてオーブンに入れた。

一方のゆたかは、ミントやバジル、フレッシュのまま保存するローズマリーを、水を張ったバケツに生けている。こうして水を吸わせておけば、しばらくは瑞々《みずみず》しさが保たれる。

最初にオーブンに入れたローズマリーの天板を取り出すと、ほどよいくらいに乾燥していた。念のためゆたかに見せに行くと、「うん、オッケー」と頷《うなず》いた。

これで要領を掴《つか》んだと、みのりは作業をペースアップする。

「とにかく、今日中にこのローズマリーは全部乾燥させたいの。よろしくね」

ゆたかが示した調理台の上を見て、思わずため息が漏れた。

いったい、何回オーブンに入れれば終わるのだろう。

しかも、仕事はそれだけではないらしい。フォカッチャの準備をしながら、ゆたかがさらに指示を出してくる。

「乾燥させたら、枝から葉っぱだけ外して、ここに入れてね」と、大きなバットを手渡されたのだ。細かな作業が苦手なみのりは、ますます憂鬱《ゆううつ》になった。

しかし、それもつかの間のことだった。しだいに漂ってくる、フレッシュなものとはまた違ったローズマリーの香りに、なにやら爽快《そうかい》な気分になってきたのだ。

確かに、集中力を高めて頭をすっきりさせる効果をうたわれているだけのことはある。

オーブンと調理台の間を何度も行き来するみのりに、ゆたかがカップを手渡した。

ふわりといっそう鮮やかなローズマリーが香った。

野性的な清々しい香りに、みのりは深く湯気を吸い込んだ。

「フレッシュな枝にお湯を注いだだけで、かなりの香りでしょ」

「本当だ」

香りにつられて、ひと口飲んだみのりは、「味がない」と眉《まゆ》をしかめた。

「うん。フレッシュなハーブティーの場合は、他のお茶とブレンドしないと、ちょっと商品にはならないよね」

「あっ、そうだ。ちょっとだけアパートに持って帰って、お風呂《ふろ》に入れようよ」

「いいわね。最近、帰りが遅かったからシャワーばかりだったものね」

みのりの提案に、ゆたかも笑顔で頷く。

「ところで、こんなに乾燥させたローズマリー、どうするの？」

「色々よ。お料理やお菓子、ハーブティーにもするわ。今日はせっかくだからフレッシュなローズマリーでフォカッチャを焼くけど、乾燥させたものでも美味《おい》しくできる。それに、フォカッチャを焼けば、当然それに合うお料理も欲しくなるわよね」

みのりは、まだ具体的なハーブメニューの内容を聞かされていない。

「何を作るの?」

「うふふ」

ゆたかはお楽しみというように笑ってみせた。案外、この姉もまだはっきりとは決めていないのかもしれない。

二人は黙々とそれぞれの作業を続けた。

みのりが最後の枝をオーブンに入れ、ゆたかはフォカッチャの生地を発酵させるため、つるりとなめらかにまとめ上げる。

そこで、昼食にしようということになった。

休日の今日は、ゆたかもコックコートを着ていない。二人はエプロンを外し、意気揚々と外に出た。

「お腹《なか》すいたぁ」

「大将のお蕎麦、久しぶりだね」

二軒隣りの『手打ち蕎麦　坂上』の店主、長嶺猛《ながみねたけし》はすっかり『スパイス・ボックス』の常連である。午後一時を過ぎた店内は、まだランチタイムの賑《にぎ》わいを残して、活気づいていた。空いたテーブルを片付けていた女将《おかみ》さんが、姉妹を見て「あら」と声を上げる。

「どうしたの、定休日じゃない」

「実家から届いたハーブを、今日のうちに仕込んでおきたくて」

「毎日大盛況ですもんねぇ。大将が羨《うらや》ましがっているわよ」

ふふっと女将が笑うと、耳ざとく聞きつけた大将が、厨房と客席を仕切る暖簾《のれん》の間から顔を出す。

「おうっ、来たな。こっちも毎日大盛況よ」

姉妹と会話をしながらも、女将さんは手際よく食器をまとめ、両手でひょいとふたつのトレイを持って厨房に入って行く。

「一人分ずつ、お膳《ぜん》スタイルでトレイごと提供するのって片付けが楽だよね。ウチもランチタイムの定食はああしようかな」

「いいんじゃない？　できるだけ作業を減らしたほうが、次のお客さんを早く案内できるしね。ところで何にする？」

「ええと、私はやっぱりカレー南蛮《なんばん》」

「じゃあ、私は天せいろ」

「あ、いちばん高いメニュー、いったね」

「うん。休日出勤だもん」

いつの間にか、また店内は満席になっていて、客同士の賑やかな声が心地よい。そのうちの何人かは『スパイス・ボックス』でも時々見かける顔だ。きっと近隣で働いているのだろう。

　しばらくしてカレー南蛮が運ばれ、すぐに天せいろが到着した。

　姉妹が山盛りの天ぷらに目を丸くしていると、女将さんが腰をかがめて、「お二人に、大将からサービスですって」と耳打ちをする。

「粋《いき》なはからいだなぁ」

「ホントね。あとで、焼きたてのフォカッチャを差し入れしましょう」

「うん！」

　みのりは豪快にカレー南蛮をすすり、ゆたかは天ぷらをひとつひとつ吟味するように口に運ぶ。

「みのり、ほら。これフキノトウの天ぷらよ。こっちはコゴメ。春ねぇ」

「本当だ。もう出回っているんだね。ますます粋だねぇ、大将」

　粋を連発するみのりに、ゆたかが苦笑する。みのり自身も、使い方が合っているのかはわからないが、不器用なくせに、時々こういうことをする大将に使うにはぴったりの言葉だと思うのだ。

「和食は特に季節を先取りするものね。もう三月だけど、市場に出回っているのはどちらもほとんどハウス栽培なの。でも、十分春を感じられる味わいよね」

「めったに食べないものだと、何だかありがたみがあるよね」

みのりもチョンと塩を付けて、フキノトウをかじってみた。口いっぱいに爽やかな苦みが広がり、思わず「大人の味！」と声を上げる。

「エビ、イカ、シシトウ、ナス、マイタケ、フキノトウにコゴメ。一番下は海苔《のり》と大葉。大将、かなりサービスしてくれたね」

「ねぇ、みのり」

ゆっくりとフキノトウを咀嚼《そしやく》していたゆたかが言った。

「日本ってあまりスパイスは使われてこなかったけど、その分、ハーブはたくさんあったのよね」

「どうしたの？　突然」

「フキノトウの苦みにも、食欲増進や、消化促進の効果があるのよ。冬の間に養分を蓄えてニョキッと出てくるから栄養も豊富。こういう、クセも香りもある植物って、スパイスともハーブとも言えると思うの。大葉やミョウガ、山椒《さんしょう》の葉っぱ、山葵《わさび》だってそうだわ。日本って、実はハーブ大国だったのかも……」

「島国だから、海外から入ってくるルートは限られていたしね」

「やっぱり面白いわねぇ」

「お姉ちゃんは、要するに、ちょっと癖のある食べ物が好きってことだよね？　なんか、最近わかってきたよ」

姉妹がゆっくりと食事をしている間にも、他のテーブルには新たな客が座り、食事を終えて帰っていく。昼時の蕎麦屋の客の回転は早く、女将さんも大将も大忙しだ。ランチタイムの営業では、とても『坂上』に敵《かな》いそうもない。動き回る女将さんの姿を見ると、自分たちももっと頑張ろうと思えてくる。

最後までカレー南蛮の汁をすすり、「ご馳走様《ちそうさま》でした」と箸《はし》を置く。正面の席で、ゆたかも満足げに両手を合わせたところだった。

「さ、行こうか。お姉ちゃん」

「うん。午後も頑張りましょう」

きっと姉も同じ気持ちに違いなかった。

オーブンから香ばしいにおいが漂っている。「そろそろいいかな」と、ゆたかが扉を開くと、爽やかなローズマリーの香りが溢れ出した。

「うわ～、美味しそう」

「焼きたてって、それだけで幸せな気持ちになるよね。イーストとハーブの香りがたまらない」

ゆたかも嬉《うれ》しそうだ。

「フォカッチャ、前は毎日のように焼いていたけど、久しぶりだったからちょっと心配だったんだよね。上手に焼けてよかったわ」

かつて働いていた房総半島のリゾートホテルでは、毎朝、いちばんにフォカッチャを焼くのがゆたかの仕事だったという。プレーンやオリーブ入り、時にはローズマリーを使うこともあったそうだ。

海に臨むホテルの広い庭は公園のように整備されていて、そこにはローズマリーも茂っていた。きっと、温暖な房総半島の気候がローズマリーの生育に適しているのだろう。

ゆたかのフォカッチャは、大きく焼いたものをカットする形だった。冷ますために、慎重にオーブンの天板からフォカッチャを外すゆたかの手つきを、みのりは後ろから見守っていた。

何だか、このポジションが懐かしかった。子供の頃《ころ》からお菓子作りが大好きだった姉の後ろで、みのりはいつもワクワクしながら眺めていたのだ。

姉は、いつだってみのりにとって憧《あこが》れで、頼りになる存在だった。だからこそ、夫を失って意気消沈した姉を見た時、いてもたってもいられない気持ちになったのだと思う。

その姉と、今は二人で店をやっている。なんて幸せなことなのだろう。

「ちょっと端っこ、味見しちゃおっか」

ゆたかがいたずらっぽく笑う。

「いいの？」

「うん。やっぱり焼きたてがいちばんだもん。作った人の特権だよ」

ナイフを取り出し、ゆたかはさっそく端っこを切り落とした。

ふうふうと息を吹きかけながら、二人はフォカッチャを頬張った。

フレッシュなローズマリーを生地に埋め込んだフォカッチャ。

中心の生地は、まだ熱をはらんでしっとりとなめらかだ。爽やかな香りと、上に散らした岩塩の塩味がいいアクセントになっている。

「美味しいねぇ」

「うん、美味しい。フォカッチャって、ちょっと生地が粗いでしょ？　これがねぇ、お料理のソースとよく合うのよねぇ」

「肝心のそのお料理は？」

「うふふ」

「ほら、やっぱりまだ考えていないんでしょ」

「ちゃんと考えているわよ。ねぇ、これからローズマリーのサブレを仕込むから、みのりは大将のところにフォカッチャを届けてきてよ」

「今日は早めに帰って、ゆっくりお風呂に浸《つ》かるんじゃなかったの？」

「サブレを焼いたって、いつもよりはずっと早く帰れるわよ。そうねぇ、目標は五時！」

「五時。夢のような時間だね。じゃあ、帰りに駅前の焼鳥屋でビールを飲んで帰ろうよ。

ほら、浅草橋のガード下の赤提灯《あかちょうちん》」

「いつもいいにおいの煙がモクモク漂っているお店ね！　アパートにも近いしいいわね」

ゆたかがサブレを仕込んでいる間、みのりは再び『手打ち蕎麦　坂上』に向かった。

夜営業までのつかの間の休憩時間のため、暖簾を下ろしていたが、ちょうど女将さんが近所の買い物から帰ったところで、玄関前で鉢合わせた。

「さっきはご馳走様でした。カレー南蛮も天ぷら山盛りの天せいろも、最高に美味しかったです！」

「お休みの日までご苦労様。最近は、そちらからいいにおいが漂ってくるのが楽しみなのよ。ウチの頑固な大将、すっかりあなたたちに影響されちゃってね、天ぷらに山菜を使ったのも、実は今年が初めてなの。多少旬《しゅん》は意識しても、野菜程度。あの人、口では言わないけど、絶対にあなたたちを意識しているのよ。この前なんて、七味唐辛子を皿にあけて、まじまじと観察していたわ。においを嗅《か》いだ瞬間に盛大なくしゃみをして、片付けるのが大変だったんだから」

「ああ、トウガラシって、ちょっと鼻が刺激されますよね。特に粉になっていると……」

「そうなのよ。あの人、特にこの時期は花粉症でしょう。それでね、言い分がいいのよ。『やっぱり、俺《おれ》にはスパイスは手に負えねぇや』ですって。けっきょく片付けたのは私。でも、あんなにまじまじと七味唐辛子を見たのなんて、私も初めてよ」

女将さんの話の途中でみのりは吹き出してしまった。

「大将らしいです。姉まで、フキノトウを食べて『これはハーブだ！』なんて言い出しちゃって、私、あの二人ってよく似ているって思うんですよね。姉も、今は夢中になってハーブ料理フェアの準備をしています」

「ふふ、お互いに職人ですもんね」

女将さんも口元を隠して上品に笑った。こうしていると、戦場のようなランチタイムに八面六臂《はちめんろっぴ》の働きをする熟練女将とはとても思えない。

「あ、これ、焼きたてのフォカッチャです。天ぷらのお礼に」

「まぁ、嬉しい。あら、ほのかにいい香りが……」

「今朝、実家から届いたローズマリーを使っています」

「ご実家の！　お正月は新鮮なお野菜をたくさんご馳走様。お母様によろしくお伝えしてね。ちょっと大将！」

女将さんは振り返って、店の奥に呼び掛ける。

大将は座敷でお昼寝中と聞いて、みのりは遠慮をして早々に退散した。


二人が店を出たのは、ほぼ予定通りの午後五時過ぎだった。

少し前なら、五時になればもう真っ暗だったが、今は空に赤みが残っていた。日が長くなると、それだけでもまだまだ時間がたっぷりあるようなウキウキした気分になる。

戸締りを確認し、二人が「いざ！」と路地へと足を踏み出した時だった。

「あっ」

鋭い叫び声とともに、目の前に何かが迫ってくる。

猛スピードで突進してくる自転車だった。

「危ない！」

みのりが叫んだ時には、突風が押し寄せ、すぐ目の前を自転車が通過した後だった。

路地側にいたゆたかは、ギリギリでかわしたものの反動で尻《しり》もちをついている。

「お姉ちゃん、ケガはない？」

「うん、大丈夫」

ゆたかが立ち上がるのを助けながら、みのりは路地の先をにらみつけた。

急ブレーキをかけた自転車は、五メートルほど先に止まっていた。

「ちょっと、危ないじゃないの！」

自転車の主はぽかんと立ち尽くしていて、みのりのほうから駆け寄った。

確かに左右を確認せずに歩き出した姉妹も悪かったが、そもそも、狭くて見通しの悪い路地を猛スピードの自転車で走ることが大問題である。普通ならば、相手のほうからすまなかったと直ちに詫《わ》びてくるべきではないのか。

「ねぇ、聞こえた？」

「はっ、はい、すみませんでした」

自転車の主はまだ若い青年で、真っ青な顔で震えていた。

何だか自分がいじめているような気になってしまい、みのりは口調を和らげた。

「あなたも大丈夫？　こんな狭い路地であんなスピードを出していたら、危ないんだからね。特に、こんな夕暮れ時は」

まるで交通安全のポスターにあるような言葉をつい口にしてしまう。

「本当に申し訳ありませんでした」

立ち尽くしていた青年が、頭に膝《ひざ》がつくのではないかと思うくらい、勢いよく腰を折って詫びる。通行人がチラチラと視線を送ってきて、みのりはバツが悪くなってきた。

「もういいから、頭を上げて」

そこで、ようやくゆたかが追い付いてきた。

「ねぇ、どこのお店の人？」

姉の言葉にはっとして、みのりは青年を観察した。

大きめのパーカーから覗《のぞ》く白いズボンは、どこかの店の調理場の制服のようだ。

「えっ、それは……」

「大丈夫。別に怒鳴り込んだりしないから。驚いただけでケガはないしね。私たちもここでお店をやっているの。だから、同業者ならどこのお店の人なのかなって、興味がわいただけよ」

ゆたかが背後の古民家を示してにっこりと笑うと、こわばっていた青年の頬がわずかに緩んだ。

「本当にすみませんでした。夜の営業に遅刻しそうで急いでいて……。えっと、通りの反対側の路地の店です。名前はちょっと……」

それでも青年は警戒しているようだ。

神楽坂に路地は何本もあるが、ちょうど反対側ならば石畳の風情ある路地で、その奥には名だたる料亭や割烹《かっぽう》料理店がひっそりと、けれどどっしり威厳を放って営業している。

繰り返し謝罪しながらも、ソワソワと落ち着かない様子を見れば、急いでいたというのは嘘《うそ》ではないのだろう。この若さならまだ見習いで、遅刻でもすれば先輩たちの鬼のような叱責《しっせき》が待っているに違いない。

「ほら、遅刻しそうなんでしょ。もういいから行きなさい。ただし、気を付けて行くのよ」

ゆたかにぽんと背中を押され、青年は「ありがとうございます！」と、勢いよく頭を下げた。右に左に体を揺らしながら、あたふたと必死にペダルをこぐ後ろ姿が遠ざかっていく。

「完全に体育会系だね」

「うん。それに相当厳しい職場だね。見た？　あの子の手」

ゆたかの言葉に「え？」とみのりは訊《き》き返す。

「ハンドルを握る手。あかぎれだらけだったよ。洗い場ばっかりさせられているのかな」

ゆたかが痛そうなそぶりで眉をしかめる。

「まさに下っ端かぁ。やっぱり、向こうの路地の料亭かな。名乗らなかった所をみると、名の知れた……」

「かもね」

「こっちに寮かアパートがあって、休憩時間に帰って昼寝でもしていたのかな？　っていうか、もう完全に遅刻なんじゃない？」

「遅刻よね」

たまりかねたようにゆたかが吹き出した。

「どうしたの？　お姉ちゃん。頭でも打った？」

「違う違う。この街って、本当に同業者がたくさんいて、みんな頑張って働いているんだなぁって思ったら楽しくなっちゃった。これも何かの縁。この路地を毎日通っているのなら、また会うかもしれないしね」

「そうだねぇ。この路地だけで、いったい何軒飲食店があるんだか……。そう考えると、私たちは新参者のわりにずいぶん健闘しているよね」

「頑張っているもの」

「その通り！　よし、じゃあ、休日出勤お疲れ様ってことで、ビールと焼鳥、どんどん行っちゃおうか」

姉妹は気を取り直して神楽坂通りを下り始めた。これから夕食時ということもあって、飯田橋方面からは続々と人がこちらに向かってくる。たまにはその流れに逆らうのも気持ちのよいものだった。

2

羽柴大志《はしばたいし》は古民家の前に佇《たたず》んでいた。

小さな看板には『スパイス・ボックス』とある。

入口は引き戸になっており、路地に沿った格子窓にもすべてすりガラスが嵌められ、中の様子はわからない。

数歩後ろへ下がり、何歩か前へ進み、もう一度、古民家を眺める。確かにこの場所だ。

数日前の夕方、この辺りで女性とぶつかりそうになった。

大志の自転車は運よくギリギリ横をすり抜け、大事には至らなかったが、よけた拍子に女性が転んでしまった。突然、建物から人が出てきたのには驚いたが、狭い路地では十分に考えられることだった。

その女性が出てきたのは、おそらくこの古民家だ。飲食店をやっていると言っていたから、この『スパイス・ボックス』が彼女たちの店に違いない。

そっと中を窺《うかが》ってみた。平日の昼過ぎ。ランチタイムのピークが過ぎた頃だ。古民家と隣の建物の間からは、何やら香辛料の独特なにおいが漂ってくる。きっとこの奥に厨房ダクトの吹き出し口があるのだろう。

大志の朝は早く、帰りは遅い。

通りかかる時間はどの店も暖簾を下ろしている時間帯だが、飲食店が多いため、この路地の空気はいつだって何かしら料理のにおいを孕《はら》んでいる。うまそうと思うこともあれば、夏場などはむっと立ち込める臭気に息を止めたくなることもある。

その中でも、時々気になるにおいに遭遇することがあった。

大志にはあまりなじみのないにおいで、風に乗って、かなり遠くからでも感じることができた。そのにおいの出所が、もしかしてこの店だったのかもしれない。

手には、草加《そうか》煎餅《せんべい》の詰め合わせが入った紙袋をぶら下げている。

実家に電話をした折、祖母にこの一件を話したら、お詫びに行けとわざわざ地元銘菓を送ってよこしたのである。つまり大志は、あの出来事が気になって仕方がなかったのだ。

ばあちゃんは頼りになる。

就職のために上京した今も、大志はことあるごとに実家に電話をしてしまう。話し相手は両親ではなく、いつでも家にいる祖母だ。

ぶつかりそうになった女性にけがはなかったようだが、一緒にいたもう一人の剣幕が恐ろしく、ただでさえ事故を起こしかけて動揺していた大志は、すっかり竦《すく》み上がってしまった。正直に言うと、ちゃんと謝罪ができたのかもよく覚えていない。

昔からそうだ。何かやらかすと、すぐに頭が真っ白になってしまう。しまったと思っても、とっさに声が出ない。そのくせ、後になって、ああすればよかった、こうすればよかったと、いつまでもクヨクヨと思い悩むのだ。

しかし、動揺していたとはいえ、自分の連絡先くらい教えておくべきだった。頭を打っていて、後で急変したなんて話もけっして珍しくはない。勤務先を教えるのは憚《はばか》られたが、せめて自分の携帯の番号を言えばよかった。

もともとあの日は、休憩時間にアパートに帰ったものの、すっかり寝過ごして、店に戻るのが遅れてしまった。職場の先輩からの電話でたたき起こされたのである。

事故を起こしかけたためによけいに遅れ、店に着いてから先輩にはさんざん怒鳴られた。もともと無口な板長は、何も言わずに黙々と仕事を続けていた。それが大志にはよけいに堪《こた》えた。自分など、最初から相手にされていないようだった。しかし、その分、先輩たちの注意はより辛辣《しんらつ》で、その日は最後まで怒鳴られ通しだった。

遅刻したのは自分なのだから、それも仕方がない。もとより、厳しいと承知で足を踏み入れた職人の世界だった。

上下関係の厳しさは、子供の頃から体に染みついていた。

物心ついた時から野球が好きで、小、中、高校は野球部に所属していた。運動部は完全なる縦社会で、先輩もコーチも鬼のように厳しかった。何度唇を嚙《か》みしめ、やめてやると思ったかわからない。それでも続けてきたのは、やはり野球が好きだからだ。

憧れのレギュラーになり、甲子園《こうしえん》の土を踏む。それだけを夢見て、必死に練習に打ち込めば、厳しささえも乗り越えられると信じてきた。

けっきょく、大志の高校は地区大会の二回戦で負け、敢《あ》えなく引退することとなったが、濃密な青春の日々はかけがえのないものとなっていた。

あの頃、確かに先輩もコーチも厳しかったが、同じ目標に向かう仲間でもあった。

しかし、今、職場でいちばん下っ端の自分は、その仲間にすら入れてもらえない。

ただ、毎日言い渡された雑用をこなすだけの、何やら虚《むな》しい日々である。

それでも、唯一の慰めがあった。

自分と同じように、この春から東京に出てきた彼女の存在だ。

同級生だった日下美央《くさかみお》は、東京郊外の大学への進学が決まり、仲良しの友達グループの中で唯一彼女だけが実家を出て一人暮らしをすることになっていた。

大志が就職のために上京することを知り、連絡先を交換しようと言ってくれたのだ。

昨年四月、新生活がはじまってからは、一日に何度も連絡を取り合った。お互いの心細さを吐露し合い、励まし合うことでどんどん親密になり、いつしか交際が始まっていた。

それなのに。

つい先月、フラれた。

本当に、本当に、世の中はつらいことばかりだ。

今の大志にとって、心を許せる相手は祖母しかいない。

祖母は昔から大志を溺愛《できあい》してくれた。

けれど、人としての道理を幼い大志にもしっかりと教え込んだ。

人が嫌がることをしちゃダメ。悪いことをしたらごめんなさい。

教えはどれも当たり前のことばかりだったが、自分がこんなにもまっすぐに育ったのは、祖母のおかげだと思っている。

そんな祖母に、包み隠さず何事も相談するのはいつものことだ。

大志は煎餅の紙袋をぎゅっと握り直す。

だから、ここは筋を通すのだ。人として、道理を貫かねばならない。

大志が意を決して、引き戸に手を掛けようとしたその時だった。

ガラガラと引き戸が開いた。

まさか自動ドアだったかと、驚いてとっさに二歩ほど下がり、センサーを確認するため上を見上げる。しかし、そんなものはない。

何のことはない。たまたま店を出る客がいたのだ。

出てきたのは細身の女性だった。大志がぎょっとしたのは、その女性が祖母と同じくらいの年代にも拘《かか》わらず、しゃんと姿勢がよく、ヒールの高い靴を履き、引き戸にかけた指には真っ赤なネイルが施されていたからだ。

唖然《あぜん》とする大志の目の前で、彼女は店内に向かって、「今度はゆっくり寄らせてもらうわ。ありがとう！　コレがあるとないとじゃ、仕事の進み具合がまったく違うのよ！」と、よく通る声を張り上げる。手には紙袋をぶら下げていて、何かを買ったようだった。

振り向いた女性が、ようやく大志に気づく。

「あら、お客さんね。ごめんなさい、通せんぼしちゃっていたわ。ねぇ、ちょっと、みのりさん！　新しいお客さんよ」

大志が驚く間もなく、彼女はさらに声を張り上げる。

「えっ、あっ……」

うろたえる大志に女性は片目をつぶって見せた。何というか、妖艶《ようえん》だ。ばあちゃんと同じくらいの年なのに、ギラギラしている。

「ここのお料理、美味しいわよねぇ。今ならちょうど席も空いているわよ」

彼女はひらひらと片手を振ると、ヒールを鳴らして路地の奥へと去っていく。

大志があっけに取られて後ろ姿を見送っていると、中から「いらっしゃいませ」と今度は若い女性の声がした。

「あ」

先日、大志を怒鳴りつけた女性だった。どうやら彼女も自分の顔を覚えていたようだ。

思わず姿勢を正すと、「どうしたの？」と気さくに声を掛けてきた。

あの時の怒りはすっかり収まったようで、大志はほっと胸を撫《な》でおろす。

「先日のお詫びに……」

「わざわざ？　うっそ、真面目《まじめ》。ちょっと、お姉ちゃん」

またしても店内に向かって声を張り上げる。

できれば、煎餅を渡して、さっさと帰りたい。

そもそも、最初からそのつもりだった。

スパイスのにおいには興味があったが、お詫びに来て食事をするのも何だかバツが悪い。

その上、大志はチェーン店のラーメン屋と牛丼屋《ぎゅうどんや》以外、安心して一人で入ることができない。美央と一緒ならファミレスだったが、美央にフラれた今は、ファミレスすら一人ではハードルが高く思えてしまう。ようするに、小心者なのだ。

「あらあら、あなた、この前の！」

中から出てきたのは、コックコート姿の女性だった。

間違いない。この前、転ばせてしまった相手だ。

「わざわざ来てくれたの？　入って、入って」

二人は姉妹なのだろうか。雰囲気は違うが、声や反応がそっくりだ。

抵抗する間もなく、大志は背中を押されて店に入ってしまう。

「あの、今日はお詫びだけのつもりで……」

「せっかく来たんだから、食事もすればいいじゃない」

「でも……」

その時だった。

ぎゅるるるると豪快にお腹が鳴った。大志は顔を真っ赤にして腹を押さえる。

そう、このにおいのせいなのだ。店内には何とも美味しそうなにおいが漂っていて、朝から何も食べていない大志にとって、痛恨の刺激となってしまった。

「ほらほら、お腹は正直みたいだし」

そう言われれば、従わないわけにはいかず、大志は手近なカウンター席に腰を落ち着けた。

ランチタイムも終わりに近く、店内にいる客はほとんどが食事を終えた者ばかりだ。

スタッフはこの二人だけのようだが、今はすっかり手持ち無沙汰《ぶさた》なのだろう。

そのせいで、大志への興味を隠そうともしない。こちらは客なのだが、先日の弱みがあるから逆らえない。大志は覚悟を決めて、差し出されたメニューに視線を落とした。

……が、さっぱり分からない。

カタカナの羅列。上から数行、読むというよりも眺めただけで挫折《ざせつ》する。チェーン店の写真入りのメニューにすっかり慣れたためか、想像力も働かない。

大志は後ろを振り返った。他の客が何を食べているのか見てみようと思ったのだ。

しかし、大半の客はすでに食事を終えており、皿にはほとんど何も残っていない。

ふと、一番近いテーブル席の客がナイフとフォークを使っているのが見えた。

「お決まりですか」

エプロン姿の店員が飛んできた。

自分が「客」になったとたん、態度はすっかり変わり、言葉遣いまで丁寧になっている。

「オシャレな料理、お願いします！」

「オシャレ？」

店員は目を丸くして繰り返した。少し恥ずかしくなって、大志はそっと後ろの客を指さす。

「ああ、そういうこと」

ちょうど客がパクリとナイフで切り分けた何かを口に入れたのを見て、理解してくれたらしい。

「あちらのお客様、ただいま開催中のハーブ料理フェアの、チキンの香草パン粉焼きを召し上がっているの。フォカッチャとドリンクが付いて、ランチは税込み千円。よろしいですか？」

「はい！　お願いします」

「かしこまりました」

店員はにこっと笑い、カウンター越しに、「フェアランチ、お願いしまーす」と声を掛ける。厨房からはすぐに「はぁい」と弾んだ声が返ってきた。

いつも緊張感が漂う大志の店の厨房とはずいぶん雰囲気が違う。

昼も夜も、広い厨房は張りつめた空気に満ちている。先輩たちは、無言で黙々と自分の分担をこなし、ただ調理の音だけが響く空間に、時折、板長の指示が飛ぶ。

板長の厳しい声は、さらに厨房の緊張感を高める。しかし、この緊張感こそが、常に集中力を保ち、芸術のような料理を生み出すということも、たとえ下っ端といえど大志も十分に理解していた。

板長は総監督だ。自分の仕事だけに集中しているようでも、厳しい視線をたえず厨房全体に巡らせていて、つねに全体の動きを把握している。仕上がった料理に納得いかなければば、けっして配膳スタッフには渡さない。大志にとって、板長はまさに雲の上の存在だ。

大志は厨房で動き回るコックコート姿の女性をぼんやりと眺めていた。

一人で全ポジション。割り当てられた役割だけをこなす、大志の勤務先とはまったく違っている。

ふと、目が合った。彼女はにこっと笑い、恥ずかしくなった大志は思わず目を逸《そ》らす。

客との距離が近すぎる。

ここでは、食事をする客の顔が厨房からも丸見えだ。自分の料理を目の前で客が美味しそうに食べてくれれば、これほど嬉しいことはないだろう。

大志の店では、たとえ自分が料理を仕上げたとしても、それを食べる客の顔を見ることはできない。客がいるのは、厨房から遠く離れたお座敷なのだ。

『いつになったら、大志くんのお店に連れて行ってくれるの？』

ふっと美央の言葉を思い出した。

大志は苦い思いで、グラスの水をぐっと飲んだ。

レモンが入っているのか、爽やかな味がした。

「レモンかぁ」

青春の味。爽やかな酸味がそんな言葉を連れて来て、ますます大志は苦い気持ちになる。

終わった。俺の青春は完全に終わったのだ。

美央にフラれたのは、つい先月、バレンタインの直前だった。

当然ながら大志はチョコレートを期待していて、まだ決まっていないデートをどうするかと頭を悩ませていた。

バレンタイン直前に自分から「会いたい」などと言えば、いかにもチョコを欲しがっているようでちょっと恥ずかしい。悩みに悩んだ末、ようやく相手からの誘いを待つべきだという結論に達した時、タイミングよく美央からメッセージが届いた。

美央からのメッセージはただ「会いたい」と一言。

今夜、すぐにでも会いたいということらしい。

何をそんなに焦っているのだろうと思いながらも、直接バレンタインデートの相談でもしたいのかなと、つい顔がにやけてしまった。

しかし、今日の今日はさすがに難しい。

大志の帰りは毎晩真夜中だ。東京の西の外れの大学に通い、近くのアパートで暮らしている美央と会うのはどう考えても無理だった。

美央を呼び出しておくことも考えたが、明日も授業はあるだろうし、大志自身も朝八時には出勤しなければ先輩にまた怒鳴られる。

申し訳ないと思いながら、休憩時間に店の裏の細い路地で「ゴメン、今日は無理」とメッセージを返した。

仕事が終わり、急いでスマートフォンを開いて愕然《がくぜん》とした。

「ごめん」「大志くんのせいじゃない」「苦しい」「同じ東京にいるのに遠すぎる」……。

何件も届いていた短いメッセージを何度も読み返し、どう楽天的に解釈しても、それは別れ話に違いなかった。心根の優しい美央が、大志を傷つけないよう、必死に言葉を探した痕跡《こんせき》が窺《うかが》い知れて、大志は胸が締め付けられた。

突然の別れ話に打ちのめされつつも、心のどこかでは妙に納得してもいた。

それはそうだ。

付き合い始めたのは、ゴールデン・ウィークの直前だった。

「一緒に帰省しよう」と誘われたが、当然ながら飲食店で働く大志にゴールデン・ウィークはなく、むしろかき入れ時の忙しい時期だ。

美央は自分だけ帰省するのを申し訳なく思ったのか、東京に戻ったその日に、故郷の土産を手に、神楽坂のファミレスで大志を待っていてくれたのだ。

優しさが心に染みた。美央が届けてくれた草加煎餅をかじると、先輩に厳しくしごかれてすさんだ心がほぐれていくようだった。

『いつか、自分の働く料亭に連れて行く』

その言葉を免罪符に、この一年弱、ファミレスでの短い逢瀬《おうせ》を重ねてきた。

きっと美央は、デートらしいもっとシャレた店に連れて行ってほしかったに違いない。

しかし、大志はそんなことすら気づかなかった。

美央を喜ばせることを考えるよりも、厳しい職場環境と自分の睡眠時間を考慮して、デートの時間を捻出《ねんしゅつ》することだけで精一杯だったのだ。

その上、社会人の大変さや仕事の厳しさをいつも愚痴っていた。

いつも真剣に聞いてくれる美央が、たまに大学の話でもすれば、まだ学生で自由な身分の彼女を羨んだりはしなかったか。だからこそ、時間の融通が利かない自分に合わせるのが当然だと思ったりはしなかったか。

大志は何度目かのため息をつく。

ぼんやりと料理を待っていると、普段は目を向けることを避けてしまっている自分自身を客観的に見つめることができた。

もうすぐ東京に出て来て一年が経《た》つ。厳しい職場でしごかれ続け、せっかくできた彼女にもフラれた。こんなはずじゃなかったと思う一方で、幼い頃から野球を通して鍛えられてきた大志の精神と体は、しっかりとひとつの事実を認識していた。今の自分は、かつて思い描いた自分の姿を遥《はる》か遠くに望む場所にいるにすぎないと。

まだだ。もっと、もっと、頑張っていかねばならない。

そう決意したとたん、腹にも力が入ってしまい、空っぽの胃袋がキュウと鳴る。

お腹が空《す》いた。料理はまだか。

「お待たせいたしました」

タイミングよく、エプロン姿の店員が大きな皿を運んできた。

ふわっと漂った香りは、香ばしさと、植物らしき爽快なものが混じり合い、総じて美味しそうなものだった。

「俺、何を注文したんでしたっけ」

ナイフとフォークを構えたまま、大志は目の前の皿を見下ろした。

「チキンの香草パン粉焼きです。パン粉にローズマリーとパセリを加えて、オーブンでこんがり焼いています」

「へぇ、パン粉だけど、フライじゃないんだ」

素直な驚きに、厨房の女性が小さく笑った。

「余分な油を使わない分、ヘルシーですし、鶏《とり》もも肉の脂だけで、十分パリッと焼き上がります。パン粉の焼き色もきれいでしょう?」

大志を同業者と知っているせいか、料理人は親切に説明してくれた。おかげで、親戚《しんせき》のお姉さんのような親しみがわく。

「はい。パン粉の中の、この細かい緑色が香草なんですよね。えっと、パセリは知っていますけど、ローズマリーってどんな葉っぱですか?」

料理人は厨房の奥に行くと、すぐに戻ってきた。手には、小さな枝のようなものをつまんでいる。

「これがローズマリーです。普通の葉っぱとはちょっとイメージが違って、カラマツの葉っぱみたいに、ツンツンしていますよね」

大志は枝を受け取り、鼻先に近づける。

「本当だ。けっこう固いし、それに独特のにおいがします」

「どうぞ、冷めないうちに召し上がれ」

料理人に促され、改めて大志はナイフとフォークを握り直す。

まずはメインの鶏肉だ。パン粉が載せられているのは皮目の面だけで、サックリとナイフが埋まった。細かすぎず、粗過ぎないパン粉は、一粒一粒がキツネ色に色づき、同じくらい細かく刻まれたハーブと均一に混じり合っている。その下の鶏肉のやわらかな弾力も、ほどよい焼き具合に仕上がっていることを示していた。ナイフを動かすと、透明な脂が染み出してくる。

そう、鶏もも肉は、このしなやかな食感とジューシーさがたまらないんだよな。

大志はごくりと喉《のど》を鳴らした。

ファミレスでもほとんど使ったことのないリイフを使い、やっとのことで鶏肉を一口大にカットし、口に運んだ。

サクッと軽やかな嚙《か》み応《ごた》えが、鶏肉の心地よい弾力へと変化する。香ばしいハーブ入りのパン粉と、肉のやわらかさをじっくりと咀嚼《そしゃく》する。

うまいなぁ、これ。そうか、油で揚げないから、パン粉をこんなにこんもりと厚く載せられるんだ。まるで、サクサクと焼いたパン粉そのものを味わう感じだ。ん？　ハーブに混じって感じるこの味はなんだろう。

思わず首を傾《かし》げた大志に、料理人が絶妙のタイミングで説明する。

「パン粉に、削ったチーズも混ぜています。塩分だけじゃなく、風味も増しますよね」

「ウチのシェフ、ここを始める前はイタリアンのシェフだったんです。こういう料理はもともと得意分野なんですよ」

どうやら、大志が食べる様子をずっと観察していたらしい。恥ずかしくなって、別皿で運ばれてきたパンに手を伸ばす。

「あ、うまい」

口の中にほのかな塩気と爽やかな風味が広がった。

「そちらのフォカッチャにもローズマリーを使っています」

「パンにも？」

「そうです」

大志は、皿の端に置いていた先ほどの小さな枝をしげしげと眺めた。

「昔からハーブは、料理の香りづけや保存料、時には薬としても使われてきたんです。春は一見過ごしやすいようですけど、温度変化が大きくて、体にとっては意外としんどいですよね。花粉症の方には大変な季節ですし。爽やかな香りのお料理は、今の時期にぴったりだと思いませんか」

「体にもいいんですか？」

「香りは脳や自律神経を刺激します。いいにおいでホッと癒《いや》された経験は誰にでもありますよね？　脳を活性化したり、逆にストレスを鎮めて、リフレッシュしたり。お料理に使うことで、ハーブの風味や効果を味わっていただきたいなと思って」

「じゃあ、ローズマリーは？」

この清々しい香りにはいったいどんな効果があるのかと興味がわく。

「様々なポリフェノールが含まれるので、抗菌や抗酸化作用があると言われています。美容にいいといわれるのはそのせいでしょうね。それから、強い香りが中枢神経にも働いて集中力を高めるとも言われますし、アレルギーを抑制する成分があるとも言われています。何より、この瑞々しい香りを嗅げば、ちょっとは気分も晴れますよね」

「へぇ。……って、詳しいですね」

「ウチのシェフ、ちょっとしたマニアですから」

エプロン姿の店員が、店の奥の作り付けの棚を示した。薄い雑誌のようなものから、分厚いものまでたくさんの本が並んでいる。すべて料理に関するもののようだ。これだけの本を読んで勉強したということだろうか。

「こっちのは？」

大志はチキンに添えられた豆の煮込みのようなものをフォークでつついた。

「ひよこ豆とレンズ豆をスパイスとハーブを効かせたトマトソースで煮込みました。フォカッチャに載せても美味しいですよ」

ひよこ豆もレンズ豆も知らなかった。

「レンズ豆は小さくて平たいので、そのまま料理に使えます。あまりなじみがありませんが、西欧や中東では煮込みやスープによく使われています」

料理人の説明のおかげで、細かく煮崩れしたようになっているものがレンズ豆だと分かった。ということは、コロコロと丸い白っぽい豆がひよこ豆だ。こちらは煮崩れせず、しっかりと形を保っている。その形とトマトソースに紛れてもなお白っぽい色合いが、銘菓『ひよ子』を思い出させ、「そういうことか！」と得心した。そう思えば、コロコロとした豆がやけにかわいらしく思えてくる。

「何だか、お客さん、ニヤニヤしている……」

エプロン姿の店員に笑われ、大志は表情を引き締めて、豆を載せたフォークを黙々と口に運んだ。

ピリッとしたトウガラシの刺激とトマトの酸味、ここにも加えられたハーブやスパイスの複雑で深い味わい。それが煮崩れた豆に絡み合い、煮込みというよりペーストのようになっている。フォカッチャに載せて口に放《ほう》り込むと、小麦とかすかなイーストの風味に、煮込んだ豆の味わいがほどよく調和された。いくらでも食べられそうで、気づけば口に詰め込んでいた。

「フォカッチャ、気に入りました？　バターの代わりにオリーブオイルを使った素朴な味わいだからこそ、ローズマリーの風味も生きるし、他のお料理との相性もいいと思うんです。よろしければ、もっとお持ちしますよ」

料理人がにっこりと笑う。ぶつかりそうになった後ろめたさで、これまでまともに目を合わせることができなかったが、目じりが下がった何とも優しい顔立ちだ。

「あっ、じゃあ、お願いします」

「かしこまりました」

けっきょく、大志はフォカッチャを四回もおかわりしてしまった。

途中からは夢中だった。使い慣れないナイフとフォークは何度もカチャカチャと高い音をたてたが、店内の客は誰一人、気にする様子もない。

店のスタッフ二人は厨房で仲良く並んで流しで洗い物をしている。

不思議と気持ちが軽くなって、大志は一人の食事に没頭することができた。

うまい。

本当にうまい。

なんだか、一人で食べるのがもったいない気がしてきた。

美央をこんな店に連れて来たら、どれだけ喜んでくれただろうか。

古民家にも、なじみのないスパイス料理にも、間違いなく興味を示しただろう。

美央なら、この店を絶対に気に入ったはずだ。

しかし、もうすべては手遅れだった。

今さら気づいても、後悔してももう遅い。

ごめん、ごめんな、美央。

噛みしめたトマトソースがやけに酸っぱい。チリパウダーが舌に染みる。

フォカッチャのローズマリーが苦い。

さっきまで美味しかった料理をこんなふうに感じるのは、自分が後悔しているからだ。

目の奥が熱くなり、大志は思わず洟《はな》をすすった。

「あら、鷹《たか》の爪《つめ》でも噛んじゃいました？」

ふいに料理人に話しかけられ、大志は慌てて顔を上げた。

「ごめんなさいね」と困った顔をしながら、空になった大志のグラスに水を注いでくれる。

横ではエプロン姿の店員が、「豆の煮込みにチリパウダーだけじゃなくて、鷹の爪まで入れたの？」とぼやいているが、料理人はそれには答えず、大志にやわらかなまなざしを向けている。

「食後のお茶はどうしますか。うっかり先にお飲み物を訊くのを忘れていました」

「ええと、何があるんですか」

「コーヒー、紅茶のほか、チャイやハーブティー。甘いのがよろしければ、ラッシーやマンゴージュース、グァバジュース、自家製ジンジャーエールもございます」

ランチセットのドリンクでそんなに種類があるのか。

ますます美央が喜びそうだと思った自分の未練がましさに呆《あき》れて、自然に笑いがもれた。

「チャイ、下さい。初めて飲むんですけど、大丈夫ですか」

「ミルクティーがお好きなら。何事も、チャレンジしてみなければ、わかりませんよ」

そうだ。何事もやってみないとわからない。

生まれて初めての彼女に浮かれ、フラれて落ち込む。

それも経験してみなければ分からなかった。

たとえファミレスでも、美央と会う時間は楽しかった。その楽しさを知ってしまったからこそ、もうあの時間を取り戻せないことが苦しく、切ないのだ。

まだまだ自分は何も知らない子供だ。周りに甘えているだけの世間知らずだ。

今日だけで、いったいいくつの新しい料理や食材を知っただろう。

同じ料理の世界にいても、自分はこの料理人にはとうてい敵わない。

ただ、憧れだけで板前の修業を続けていてもだめなのだ。

かつて甲子園を目指したように、明確な目標のために努力をしなければ。

そう、それがたとえ、一品でも客に出せる料理を任されるようになって、大好きな誰かを店に呼びたい、そんなささやかな目標でもいい。

すぐに頭に浮かんだのは、祖母の顔、そして両親の顔だった。

再び大志は笑ってしまう。やっぱり、まだまだ自分は子供だ。

でも、目標ははっきりとできた。何よりも、料理の世界は面白い。

それを気づかせてくれたのが、この店だ。

カウンターの下で、大志は両手を握りしめた。

チャイが運ばれてきて、言われた通りに砂糖を入れてから口を付けた。

「どうですか？」

「初めての味です。でも、とってもうまい。知らないことを知るのって、こんなにワクワクするんですね」

「それはよかった」

二人の店員が並んで微笑《ほほえ》んだ。

最初に会った時は怖いと思った姉妹が、今はどこまでも優しく思えた。

3

「ご馳走様でした」

カウンターの青年が席を立つ。

そして、思い出したように隣の椅子に置いていた紙袋をみのりに差し出した。

「これ、先日のお詫びです。すっかり動揺してしまって、俺、ちゃんと謝ったかも覚えていなくて……」

「ええっ、すみませんって、ちゃんと言っていたよ?」

袋を思わず受け取ってしまいながら、みのりは困惑した。

「どうしよう。お姉ちゃん、こちらのお客さんが、この前のお詫びだって」

みのりは、厨房のゆたかを呼ぶ。

「まぁ。それはお気遣いありがとうございます。あら、お煎餅」

紙袋の文字を見て、ゆたかが頰を緩めた。

「俺、地元が草加なんです。ばあちゃんに話したら持って行けって送ってきて……」

「おばあさんが?　仲がいいんですね」

「まぁ、仲はいいです……」

照れたように青年がうつむく。

「ところで、この前は仕事に間に合ったの？」

「いや、遅刻して思いっきり叱《しか》られました。厳しいんです、ウチの先輩」

「ねえ、今度こそ教えてよ。どこのお店の人？　向かい側の細い路地なんでしょ？　あそこって、ちょっと名の知れたお店ばかりじゃない」

「ちょっとみのり」

「知りたがっていたのはお姉ちゃんでしょ」

きちんと謝罪したのだから、もう教えても問題ないと思ったのか、青年がわずかに迷ったそぶりを見せたのち、「『神楽坂　きよ川《かわ》』です」とぼそっと言う。

「『きよ川』！　老舗《しにせ》じゃないの。私、周子先生の取材について行ったことある！　『路地の名店』のエッセイでも取り上げたことがあったのよ。ねぇ、お客さんも知っています？　作家の鮫島周子先生」

みのりが興奮に頬を紅潮させてせまると、青年は驚いたように身を引いた。

ゆたかのほうは首を傾げている。みのりと違い、まだ神楽坂にはそう詳しいわけではない。

「えっと……。はい、鮫島先生のお名前は何度か。時々予約をいただいているようです。俺は会ったこともありませんけど」

「へぇ。先生、『きよ川』にも通っているんだぁ。仕事がらみかな？　それともプライベートかな？　周子先生ね、ここにもよく来て下さるの。ちょうどさっき、あなたとすれ違いに……」

「あっ」

青年が思わず声を上げた。「あの、いかにもパワーがみなぎっているっていう感じの？」

みのりが吹き出した。

「いつまでも若々しくて、素敵な方よ。今はね、久しぶりの長編の執筆に夢中なの。でも、とにかくお忙しい方だから、取材を受けたり講演したり、慌ただしく飛び回っていて、時々エネルギーが切れるとウチにいらっしゃるのよ。スパイス料理を食べて気合を入れて、頭をスッキリさせるハーブのお茶やお菓子を買って行ってくださるの」

「へぇ。そんなすごい人なんですか。確かに、予約が入ると俺の店でもみんなあたふたしますね。その先生に限らず、ちょっと有名なお客さんの予約が入ると、ますます職場はピリピリします」

「それだけ緊張感を持ってお料理をお出ししているってことでしょう。すごいなぁ、老舗の名店。行ってみたい」

「あ、俺なんて下っ端だから、俺を通しても予約なんてできませんよ。逆に生意気なことやってんじゃねぇって先輩に怒られちゃいます」

「今日はもう帰るの？」

「はい、休みですし」

「ちょっと待っていて」

厨房に引き返したゆたかが青年に押し付けたのは、フォカッチャとひと枝の植物だった。

「これ、さっきのローズマリー。コップに水を入れて差しておけば、しばらく元気だから。たまに香りをかぐとスッキリしますよ。フォカッチャは気に入ってくれたみたいなので」

「いいんですか」

「いいの、いいの。お煎餅のお礼です」

姉妹に「また来てくださいね」と見送られた青年は、自転車にまたがり、路地の奥へと帰っていく。二人の視線があるからか、今日はいたって安全運転だ。

「今時にしてはまっすぐな子だねぇ」

「職場、厳しそうね。あれくらいの時って、誰でも行き詰まるのよね。ほら、整体院の子もそうだったでしょ」

「うん。やけにオシャレな料理にこだわっていたけど。和食の店にいると、洋食に憧《あこが》れでもあるのかねぇ」

ゆたかは少し考えてから、「彼女かな」と呟《つぶや》いた。

「ああ、なるほど。彼女に喜ばれるお店を探すのって、男の子にとってはある意味、腕の見せ所だよね」

「みのりの場合は、そんな苦労をしなかったでしょうね」

みのりの元カレはリストランテのオーナーシェフである。

二人でいったいどれだけのレストランを食べ歩いたことだろう。もっとも、みのりも料理専門誌の編集者だったため、最新の店や流行の店にはすこぶる詳しかった。料理に関心があり、知識も深い者同士、真田和史《さなだかずふみ》との食事はいつでも楽しいものだった。

「悔しいけど、まぁ、そうね。今思えば、アイツと付き合ってよかったと思う。それなりに充実していたし、色んな勉強になった。おまけに、自分の人生を見つめ直し、こうして思い切ってお店を開くきっかけにもなったし」

「逆境にくじけない妹が誇らしいわ」

「お姉ちゃんこそ」

姉妹はうふふと微笑み合う。

「みんな生きている限り、何かしら挫折があるのよ。当たり前よね。人は一人で生きているわけじゃない。学校や職場、多くの他人に囲まれて生きている。ぶつかったり、うまくいかなかったりするのは当たり前だわ。そこをどうやって乗り越えるかは、その人次第よ」

「その人次第？」

「やっぱり、自分を大切にするしかないんじゃないかしら。あ、自分本位に振る舞うってことじゃないのよ。そういう時こそ、よく眠って、体にいいものを食べて、心が休まるような行動を取るの。心と体に栄養が行きわたれば、自然と深く呼吸ができて、しっかりと自分や周りの状況を見つめ直すことができるんじゃないかしら。そうなれば、おのずと進むべき道も見えてくる。そんな気がするのよ」

「それって、まさにここで、私たちがやろうとしていることじゃない？」

ゆたかは頷いた。

「そうね。スパイスには、色々な色や香り、風味や効能があるわ。それを複雑に組み合わせた料理があるように、世の中にも色々な人がいて、このお店に来て下さる方も色々。そんなお客様たちが、ここでほっと息をついたり、時には知り合ったり、ちょっとした変化を起こしてまた街に出ていく。それを眺めていられるこの仕事が、私は大好きよ」

「私たちにとって、一番の特効薬はスパイスじゃなくて、お客さんの喜ぶ姿かもね」

「それが客商売の醍醐味《だいごみ》よ」

ふふっと笑うと、ゆたかは手土産の煎餅の包みを取り出した。

「お茶でも飲みましょうか。さっきの子、いつ彼女を連れて来てくれるか、楽しみね」

東京もいよいよ桜が満開になった。

桜を眺めながらお堀端を散策する人々が神楽坂にも流れて来て、街はいっそう華やかな賑わいに溢れている。

半分が顔なじみの客というランチタイムが終わっても、散策の小休止に立ち寄るティータイムの客がのんびりと語らい、昼下がりの『スパイス・ボックス』には穏やかな空気が漂っていた。

すりガラス越しに差し込む光が夕方の色に変わってくると、次々にテーブル席の客が会計に立つ。レジから戻ったみのりは、カップを洗い始めたゆたかの横で、洗い終えた食器を拭《ふ》くのを手伝った。

「ハーブティー、やっぱり女性客に大人気だね」

「うん。試しに作ってみたチャイのプリンも、スパイスを効かせたリンゴのコンポートも評判いいみたいね。もっとスイーツにも力を入れるべきかなぁ。それに、最近はお土産も好評よね。レジ横のフォカッチャとかスパイスクッキー、すぐになくなっちゃうでしょ」

「そうそう。でもね、お姉ちゃん。気づいてた？　最近、男の人もよくハーブティーを注文するの。それだけ癒しに関心があるってことなのかな」

「現代社会は、きっと色々と厳しいんでしょうね……」

その時、ガラガラと引き戸が開いた。また新しい客が入ってきたのだ。

「いらっしゃいませ」

姉妹は揃《そろ》って声を上げる。

「あら」

夕時の陽ざしを背にして立っていたのは、『神楽坂　きよ川』の見習い青年だった。

眩《まぶ》しくてよく見えないが、背後にはもう一人、人影がある。

もしや、本当に彼女でも連れて来たのかとみのりは好奇心を膨らませた。確かに今日は天気もよく、絶好のお花見デート日和である。

「お二人様ですね。テーブル席にどうぞ」

案内しようとすると、青年の後ろからずいっと小柄な人影が現れた。

「先日は、ウチの大志がとんだご迷惑をおかけいたしました」

みのりとゆたかは思わず顔を見合わせた。

なんと青年は、祖母を連れてきたのである。

姉妹は反射的に頭を下げた。

「いえいえ。先日もお孫さんにはご丁寧にお詫びをいただきまして。あっ、お煎餅、美味しくいただきました。ありがとうございます」

みのりが言えば、ゆたかも「今日はお孫さんとお花見ですか」とやんわりと微笑む。

「そうなんです。大志がね、ばあちゃんを連れて行きたい店がある。迎えに行くから、東京まで出て来い、なんて言うんですよ。今はちょうど桜もきれいだからってねぇ」

老婦人は目を細めて、背の高い孫を見上げた。

「ばあちゃん、いっぱい歩いて疲れただろ？　とりあえず、座らせてもらおう」

「ああ、そうね」

大志と呼ばれた青年は祖母を気遣うようにそっと小柄な背中に手を回す。

椅子《いす》に座ると、老婦人はみのりに話しかけた。

「私ね、てっきり、この子の働いている店に行くものと思ったんですよ。あ、この子、ちょっとした料亭に置いてもらっているんです」

「ばあちゃん、それはいいから……」

青年は照れたように話を中断するが、祖母は孫に誘われたことがよほど嬉しいらしく、放っておけば、いつまでも話は続きそうだった。

ゆたかが厨房でお茶を淹《い》れて来て、二人の前に置く。

「てっきり彼女でも連れてきたのかと思ったら、まさかおばあさまとは驚きました。ずいぶんおばあちゃん孝行なお孫さんですね」

「ええ、ええ。本当に大志は昔から優しい子でね。ところで大志、アンタ、彼女なんているの？」

「い、いないよ。ばあちゃん。板前の修業ってものすごく厳しいんだぜ？　そんな余裕なんてないよ。一人前になるまで、仕事一筋！」

「何だい。期待しちゃったよ。昔から野球一筋で、奥手なんじゃないかって、おばあちゃん、ずっと心配しているんだからね」

「そんな心配しなくていいよ」

顔を真っ赤にしながら、青年は椅子を立って、さりげなくみのりに耳打ちをした。

「よけいなこと、言わないでくださいよ。彼女のことはばあちゃんには秘密なんだから」

「なんだ、やっぱりいるんじゃない」

そこで、はっとしたように青年はぶんぶんと手のひらを振った。

「いませんって。フラれたんです。バレンタイン前に」

バレンタイン前とは、なんという最悪の時期だろう。みのりは気の毒に思った。

厨房に戻った姉妹は、どちらからともなくため息をついた。

「フラれて傷心の上に、厳しい職場への遅刻。あの時、本当に大変だったんだね……」

「まぁ、何もかもうまくいかない時期ってのは誰にでもあるわよ。だって、お詫びに来て料理を食べた時、あの子、涙ぐんでいたもの」

「え？　鷹の爪じゃなかったの？」

「入れていないわよ。男の子が女性の前で涙を見せるなんて、ちょっと恥ずかしいのかなって思っただけよ」

ゆたかが小さく笑い、みのりはなるほどと思った。

「何だか、このお店って弱っているお客さんを呼び寄せちゃうみたい……」

「反対よ、みのり」

「え?」

「そういうお客さんがスパイス料理を求めているの。弱っている時こそ、力強い料理が食べたくなるものでしょ?」

みのりは目から鱗《うろこ》が落ちたような心境だった。ぽかんと姉を見つめてしまう。

「さぁ、みのり、そろそろ、注文が決まったかもしれないわ」

ゆたかに促され、みのりは急いで青年のテーブルに向かった。

テーブルでは、大志と呼ばれた青年が、ティータイムのメニューを矯《た》めつ眇《すが》めつ眺めていた。

「どうかしましたか?」

「あっ、店員さん。このメニュー、ドリンクとデザートしかないんですけど、料理のも、もらえます?」

時刻はまだ五時前で、通常ならばティータイムの時間帯だ。

しかし、店内にはもう大志とその祖母しかおらず、問題ないだろうとみのりはディナータイムのメニューを手渡した。

厨房ではゆたかも頷いている。わざわざ草加に暮らす祖母を連れて来たということは、先日食べた『スパイス・ボックス』の料理を気に入り、食べさせたいと思ったからに相違ないのだ。

「この前の料理、今もあります？」

「チキンの香草パン粉焼きですね。ありますよ。ハーブ料理フェアは今月末まで続ける予定です」

「よかった。ばあちゃん、それでいい？」

「私はよくわからないから、大志に任せるよ」

祖母はというと、はなからメニューを見ておらず、何を見ているかと言えば、真剣にメニューを選ぶ孫の横顔をにこにこしながら見つめている。本当にかわいくて仕方がないらしい。

「じゃあ、香草パン粉焼き、ふたつで」

大志がみのりに向かい、指を二本立ててみせる。

ふと、前回来た時に、大志がハーブや付け合わせの食材に興味を示したのを思い出した。

「お節介かもしれませんけど、せっかくお二人でいらしたんですから、違うものを頼んでシェアされたらいかがですか？　お孫さんも料理人なら、色々なお料理を食べておくのも意外と役立ちますよ」

「そうだよ、大志。勉強のために、色々食べてみるといいよ」

祖母が喜んで賛成してくれた。

「ああ、そうか。確かにそうだね。でも、ええっと……」

ナイフとフォークを使う料理を「オシャレ」な料理だと思い込んでいる大志である。それに、和食の店で修業中とあっては、異国の料理がずらりと並んだ『スパイス・ボックス』のメニューはちんぷんかんぷんに違いない。

「実は、当店のシェフはインド料理が得意なんです。おばあさまも、カレーはお好きですか?」

「カレー? ええ、好きですよ。大志もね、子供の時からカレーとハンバーグが大好きだったの」

「では、インドのカレー、いかがでしょう。日本のものとは違うカレーを、ライスかロティという平たいパンでいただくんです。辛さを抑えたマイルドなものもありますから、辛いものが苦手でも美味しく召し上がっていただけると思いますよ」

「うん、ばあちゃん、それにしよう。ここ、スパイス料理の専門店なんだ。いつも、カレーのいいにおいが漂ってくるんだよ」

「はいはい、じゃあ、インドカレー、お願いしますね」

メインがチキンの香草パン粉焼きなので、カレーはココナッツミルクを加えたマイルドなエビのカレーと、シンプルに豆のカレーを選んだ。

料理を待つ間も、祖母と孫の会話は絶えることなく、仲のよさは、はたから見ても微笑ましいほどだ。つい、みのりも聞き耳を立ててしまう。

店内をぐるりと見まわした祖母は、どこかうっとりとした声で孫に話しかける。

「昔からの建物は落ち着くねぇ。ばあちゃんが子供の頃は、みんなこんな家に住んでいたんだよ。だだっ広くてさ、でも、家族がいっつもおんなじ所にいたねぇ。寒い時なんて火鉢を取り合ってね。神楽坂って面白いよ。古いモンも、新しいモンも、日本のモンも、外国のモンも、何でも一緒に揃っているんだねぇ」

そして、ふと思い出したように孫に目を向けた。

「ねぇ、大志の店もこの近くなのよね？　帰りに連れて行ってちょうだいよ」

「今日は定休日だよ」

「外から見るだけよ。店構えだけでも見たいのよ。大志がここで働いているんだって、おばあちゃんも、見てみたいのよ」

「え～、いいよ」

「この路地のちょうど反対側、石畳の素敵な路地にありますよ。すぐ近くです」

みのりは祖母に向かってにっこりと微笑み、横目で大志をにらむ。

「せっかく草加から出て来て下さったんだから、案内くらいしなさいよ」

「もう、店員さん、よけいなことを言わないでって言ったじゃないですか」

「大志、親切に教えて下さったのに、よけいなことなものですか。近いのなら、絶対に寄ってよ。孫が神楽坂で板前やっているなんて、おばあちゃん、鼻が高いんだから」

「だから、まだ修業中なんだってば……」

大きな体に見合わず、青年の声がしぼんでいく。これでは弱音など吐いていられないなとみのりは苦笑した。

石の上にも三年。自分たちだって、鮫島周子から、飲食店も最初の三年が肝心だと言われている。たとえ苦しくても、そこで歯を食いしばれるかどうかが重要なのだ。

「お待たせしました。仕上がったものから、どんどん運びますね」

いつの間にか料理が出来上がり、ゆたか自ら運んできた。

チキンの香草パン粉焼き、ローズマリーのフォカッチャ、二種類のカレーとロティに、ハーブを混ぜた緑色のライスである。タンドリーチキンは、草加煎餅のお礼にと、ゆたかからのサービスだ。

「おや、ずいぶんたくさん……」

「食べ切れないことはないでしょう。きっとお孫さんが、全部きれいに召し上がってくれます」

「そうね。体も大きいし、昔からよく食べるのよ。でも、そう言えば、アンタ、ちょっと痩《や》せたわよ。しっかりご飯は食べているの？」

「店では賄いがあるし、食べているよ、適当に」

「適当はダメよ。ちゃんと栄養を考えないと」

祖母の前では小さな子供のような大志が、姉妹にはおかしくてたまらなかった。

「この、緑色のライスは？」

「ハーブライスです。ミントやパセリを細かく刻んで、スパイスとナッツを加えて炒《いた》めました。これだけでも味はあって、そうですね、ピラフみたいな感じです。でも、カレーにもよく合いますよ」

「へぇ、白いご飯だけじゃないんだ」

「インドカレーは、ライスにもロティにもよく合います。両方試していただきたかったんです」

テーブルいっぱいに並んだ料理に、大志が目を輝かせている。

きっとインドカレーも大志にとって初めて目にするものだろう。

孫の様子を眺める祖母もまた、幸せそうな微笑みを浮かべている。

「ばあちゃん、このチキン。パン粉を載せて、オーブンで焼いているんだって。これが、ものすごくうまいんだよ」

大志がさっそくチキンを祖母に切り分ける。

そこで、ふと気づいたように動きを止めた。

「あれ？　付け合わせが、この前と違いますね」

大志の言葉に、みのりも皿に目をやった。

前回は豆の煮込みがあった場所に、今日はポテトサラダが盛り付けられていた。

「あっ、今、ただのポテトサラダだと思いましたね？　食べてみてください」

ゆたかに言われ、大志がフォークの先でポテトサラダをすくって口に入れる。

「隠し味に、あるスパイスを使っています。何だと思います？」

「ええっと……」

「七味だね」

横からひょいとフォークを伸ばした祖母が答えた。

「さすが！　よく分かりましたね。そう。隠し味に七味唐辛子を入れました」

みのりも驚いた。てっきり、ハーブフェアの一環としてローズマリー風味ではないかと思ったのだ。というのも、ジャガイモの料理にはローズマリーがよく合うからだ。

「七味かぁ。そう言われれば、確かに七味だ。しかも、うまい」

「和食、洋食、それぞれの垣根を越えるのもまた面白いものですよね。和食だから、和の調味料しか使ってはいけない。そんなことはないんです。老舗の料亭ではなかなか難しい部分もあると思いますけど、そういう発想も心の引き出しに入れておくことは大事だと思います」

ゆたかの言葉に、大志はつきものが落ちたような表情を浮かべている。

洋食ならば「オシャレ」。そして、ナイフとフォークを使用する。

この青年は、自分が手掛ける和食の世界とそれ以外の料理に、きっちりと線を引いてしまっている節がある。そして、それは未熟さによるものだ。

「何だか、だんだん料理の面白さが分かってきました」

「ええっ、今さら？　料理が面白いから板前の道を選んだんじゃないの？」

思わず口にしたみのりをゆたかが窘《たしな》める。

「だから、店員さん、よけいなことは言わないでくださいって」

孫が困った顔をすると、祖母が笑い出した。

「この子は、和食はおろか、料理なんてまったく知りませんでしたよ。大方、板前だって、カッコいいから憧れたんでしょう。ただ、小さい頃からお手伝いはよくしてくれていましたね。とにかくね、一度これと決めたら、どこまでもまっすぐに突き進む素直な子なんです。単なる憧れを、形にして私たちに見せてくれる子なんですよ」

祖母が目を細めて照れたようにうつむいた孫を眺めている。

「今日は誘ってくれてありがとうね、大志。おばあちゃん、本当に幸せよ」

祖母と孫は仲睦《なかむつ》まじく会話をしながら、それでも一時間ほどで食事を終えた。

最後は孫が驚異的な食欲を見せ、祖母はその食べっぷりにますます喜んだ。

「ご馳走様でした。美味しくいただきました」

もちろん支払いは孫である。財布を出そうとした祖母を「ばあちゃん、俺に任せて」と制する様子は頼もしくさえあった。

店を出てから、祖母がみのりのそばまで来てそっと言った。

「あの子の職場のすぐ近くにこんな素敵なお店があって、ほっとしました。とにかく世間知らずな子なんです。また色々と教えてやってください」

「いえ、私たちなんて、何も……」

「気軽に寄れる店があるだけでいいんですよ。それに、あの子が私をわざわざ連れてきたいって思ったんですから、相当気に入ったんでしょうね」

何か特別なことをしたとも思えない。けれど、そう思ってくれるのなら、なんと嬉しいことなのだろう。みのりはただ「ありがとうございます」と微笑んだ。

二人の姿が遠くの人ごみに紛れると、みのりはふと思い出して言った。

「ねぇ、お姉ちゃん。そういえば、私たちもまだお母さんを店に招待していなかったね」

「そうね」

「私、このお店、お母さんに見せたいな。そしてお姉ちゃんの料理を食べてもらいたい」

ゆたかも頷いた。

「私の料理だけじゃないわ。お母さんが育てたハーブもある。それがお料理になって、お客さんを喜ばせているってところを、見せてあげたいわね」

「お母さん、来てくれるかな」

「どうかしら。あれで結構腰が重いからね」

「う～ん、でもやっぱり来てもらいたいな。お店が繁盛しているところ、見てもらいたい」

「あら、私は定休日に招待して、私たちも一緒にゆっくり食事がしたいわ」

「え～～」

「みのりはいつもいいところを見せようとするものね」

ゆたかが笑う。

でも、みのりはやっぱり思うのだ。母親に頑張っている姿を見てもらいたい。

そんな娘たちの姿を見て、安心してもらいたいなと。

「どういうタイミングにするかは保留にするとして、絶対に来てもらおうね」

「じゃあ、せっかくだからお母さんの好きなメニューも考えておきましょう」

母さかえの喜ぶ顔を想像して、みのりは今から心を弾ませた。

第三話　チキンティッカマサラ　傷心を癒す思い出のカレー

1

都心では桜も散り終え、陽気も暖かく、うららかな日が続いていた。

神楽坂の周辺には企業や大学が多く、この季節は街を歩いていても、どこか初々しい顔が目立つ。

上司や先輩が入社したての部下を連れてランチに訪れるという光景はすっかり日常で、まだどこか嚙《か》み合わない会話を聞いたり、ちょっぴり緊張した若者の顔を見たりするのもみのりの楽しみになっている。

この情景はすっかり神楽坂界隈《かいわい》の春の風物詩となっているようで、『スパイス・ボックス』と同じ路地に店を構える『手打ち蕎麦《そば》　坂上』のランチタイムも、この季節は常にない忙しさだという。

「昼時に蕎麦屋に来る会社員なんてのは、たいてい一人か二人で来て、さらっと食って潔く席を立つもんだけどよ、この時期はいけねぇ。一度に四人も五人も連れて来るから席はすぐに埋まっちまう。おまけに、何でえ、最近の若いのは蕎麦もすすらねぇ。上品にモグモグと行きやがる。食べ終わっても昼休みいっぱい歓談タイムだ。普段はくたびれた顔で蕎麦を手繰っている冴《さ》えないおっさんも、この時期だけはここぞとばかりに上司ヅラだから笑っちまう」

昼下がりのカウンター席でくだを巻くのは、その『坂上』の大将、長嶺猛である。

昼の営業も一段落し、五時から始まる夜の部の準備までの間、息抜きに『スパイス・ボックス』を訪れたようだ。

ようは愚痴を聞いてほしいのだ。聞かせるのは、つまり同意を得たいからで、開店しておよそ半年あまりの『スパイス・ボックス』の姉妹を、すっかり同志として認めているからなのである。

「大将さん、ちょっと声が大きいですよ。後ろ、まだ他のお客さんいますから」

みのりがそっと注意をするが、調理服の白衣の上からジャンパーを羽織っただけの大将は、足元はサンダル履きで、いかにも飲食店のオヤジといった雰囲気をプンプンさせている。

チラリと後ろを振り返った大将は、みのりにだけ見えるようにひらひらと手首を振る。

「この辺りの客じゃねぇよ。自分たちのおしゃべりに夢中で、こっちのことなんて気にもしねぇ。たとえ聞こえたとしても、めんどくさい客が若い店員に絡んでいるとしか思わないさ」

店内には二組ほど客がいたが、どちらもランチタイムからずっと居座って会話に花を咲かせているご婦人たちだ。かれこれもう二時間近くになるが、お茶のおかわりもしてくれたので、まぁ、悪い客ではない。せっかくティータイム営業をしているのだから、店内に一人も客がいないという状況よりも、これくらいのほうがありがたい。

「でも、大将。どうして新入社員って、見れば一目で分かるんでしょうね。スーツが真新しいからかしら」

ゆたかが置いた淹《い》れたてのミントティーのカップをさっそく手に取ってずずっとすすりながら、大将は「パリッとしているからだろ」と言う。清涼なミントの香りが店内にふわりと漂い、テーブル席の客の何人かが、あら、とカウンターを振り向いた。

「パリッと？」

「全然スレていねぇ。就職活動の時のまんま、みんなが揃《そろ》って黒いスーツ、黒いバッグ、髪も真っ黒で、まさに焼き海苔《のり》みたいに『パリッ』。素直で向上心があることを、入社してからも必死にアピールしてるのよ。もちろんやる気もあるだろうさ。上司や先輩を素直に尊敬もしてる。はは、普段は疲れた顔で蕎麦をすすっているってのにな」

「……大将の店って、そんなにくたびれた会社員ばかりいらっしゃるんですか」

大将のうんざりした口調に、思わず笑ってしまう姉妹である。

「仕事の時は知らん。でも昼飯を食うのは休憩中だからな。そういう顔もするだろうよ。何せ、飯を食う時ってのは、誰《だれ》でも無防備になっちまうからな。まぁ、その時くらいしか気を抜けないとしたら、気の毒な話さ」

「はぁ、なるほど」

みのりが頷《うなず》くと、カウンター越しにゆたかが言う。

「そんなくたびれた顔のお客さんなら、ぜひウチを紹介してあげてくださいよ。スパイスで元気にしちゃいますよ」

「や。それはできねぇ。なにせ、観察しているのは俺《おれ》じゃなくてカミさんだからな」

「それもそうですね」

大将はぶんぶんと手を振りながら豪快に笑い、ゆたかもにっこり笑う。

『坂上』は夫婦で営む蕎麦屋だ。忙しい時間帯は、大将は厨房《ちゅうぼう》に籠《こも》りきりになる。

カウンターを隔ててほとんどオープンキッチンに近い『スパイス・ボックス』と違い、『坂上』の厨房は完全に客席とを壁で仕切られ、入口にも暖簾《のれん》がかかっている。

「まぁ、あんまり長居している客がいれば、俺もちらっとは覗《のぞ》くけどよ」

「なんだ、やっぱり見ているんじゃないですか」

みのりも笑った。

「新入社員を連れたお客さん、ウチは夜も来ますけど、大将のお店はどうです？」

このところ、毎晩といっていいほど、四、五人のグループでの予約が入っている。

小さな歓迎会と言ったところだろうか。数年前に比べて大規模な食事会は減ったのだろうが、この程度のちょっとした予約が四月に入ってから続いている。

「たまにはあるけどよ、ウチみたいな蕎麦屋はもっぱら昼が専門よ」

そこで大将はため息をついた。

「ちょっとつまみメニューを増やしたいんだよなぁ。夜は酒を飲んで、最後は蕎麦で締める。それが理想だ。けど、酒が進むメニューが少ねぇんだ」

「だし巻き、焼きみそ、板わさ、色々あるじゃないですか」

「色々って、それだけじゃねぇか。ここは神楽坂だぜ？　どれだけシャレて流行《はや》っている酒場があると思ってんだ」

「はは、ごもっとも」

みのりは苦笑する。老舗《しにせ》といっても、特にメニューにひねりがあるわけではない大将の蕎麦屋は、確かに昼食では賑《にぎ》わっても、新しい客層を開拓するのはなかなか難しいのかもしれない。

「でも、あまり突飛なことはやりたくねぇしなぁ。ホラ、ウチのカミさん、食べ歩きが好きだろ？　しかも娘や孫とこじゃれた店ばっかり行ってやがる。この前は、ガレットがどうのなんて言い出してよ。おい、ガレットって何だ？」

「ああ、そば粉を使ったクレープみたいなもので、フランスのお料理です。もともとハムやチーズ、卵なんかを包んだ食事でしたが、今はアイスやフルーツを載せたデザート風ガレットも人気ですよ」

得心がいったように大将は頷いた。

女将《おかみ》さんは、横浜に暮らす専業主婦の娘と中学生の孫と、しょっちゅう待ち合わせをしては流行りの店に出かけている。特に元町《もとまち》や代官山《だいかんやま》、オシャレな街の気取ったスイーツや可愛《かわい》いカフェに目がないのだ。

「フランスでもそば粉を食うのか。驚いた……が、俺には無理だな。というより、『坂上』でやる料理じゃねぇ」

「まぁ、そうですね」

けんもほろろな大将の態度に、もっともだと姉妹も苦笑する。

きっと女将さんも、まさか大将にガレットを作らせようと思って話したわけではないだろう。とにかく彼女は話好きだ。娘や孫と過ごした楽しい休日や物珍しい食べ物のことを夫に話したいだけなのだ。そして、大将も「知らん」とも言えず、「ほうガレットか」などと答えてしまったに違いない。

「もともと小麦の生育には適さなかったブルターニュの痩《や》せた土地に、十字軍の遠征でもたらされた中国産のソバを植えたのが始まりらしいですよ。確か、日本でも飢饉《ききん》の時に蕎麦は重宝されたんでしたよね」

「やっぱり蕎麦は偉大だな」

大将はしみじみと頷く。

「でも、大将。難しく考えることはありませんよ。お店にある食材をアレンジすることから考えてみたらいかがですか？　例えば、鴨南蛮《かもなんばん》に使う鴨肉を七味唐辛子で七味焼きにしてみたり」

「お、美味《うま》そうだな」

「ですよね。薬味だって色々と揃っているんですから、味に変化を付けることはいくらでもできると思うんです。この前、ポテトサラダに七味を入れてみたんですけど、なかなかでしたよ。山葵《わさび》風味っていうのもアリかもしれませんし、いろんな風味のポテトサラダも面白いと思ったんですよね。あ、お蕎麦屋さんにポテサラはないか」

ゆたかはふふっと笑う。

「なるほどなぁ。年を取ると、どうも頭まで凝り固まっちまっていけねぇや。アレンジってわけだな。考えてみれば、カレー南蛮がまさにそうだもんな」

今ではすっかり定番となった『坂上』のカレー南蛮も、始めたきっかけは『スパイス・

ボックス』の料理と女将さんの要望によるものだったのだ。

「いえ。こちらも、七味唐辛子は『坂上』さんからの発想でしたから。それに、この前の山菜の天ぷらからもアイディアが浮かびましたし」

「これからも持ちつ持たれつでいこうや」

「はい、よろしくお願いいたします」

姉と大将の会話を聞きながら、みのりは席を立ったご婦人たちの会計を済ませ、テーブルを片付けた。これが、『スパイス・ボックス』の日常の昼下がりである。


金曜日の夕方。

『スパイス・ボックス』の姉妹は間もなく始まるディナータイムの準備に追われていた。

「お姉ちゃん、六時からの六名様の予約、こっちのテーブルでいいかな」

「みのり、奥のほうがいいんじゃない？　真ん中は、七時からの五名様で、手前のテーブルはフリーのお客さんがいいわよ。週末の夜はただでさえ忙しいもの」

「そうだね。それにしても、四人掛けテーブルだと効率悪いなぁ。五名様でもふたつくっつけなきゃいけないし」

みのりがブツブツ文句を言いながらテーブルを移動させていると、厨房からゆたかが出て来て、片方を持ち上げてくれた。

「広いほうがゆとりがあっていいじゃない。ただでさえ、ウチの料理は大皿に盛っているんだしね。異国の大家族が、みんなで仲良く大皿の料理を囲むって、ちょっと憧《あこが》れなんだよねぇ。大皿や鍋《なべ》には料理がたっぷり、積み重ねられた平たい小麦パン、部屋中に満ちる美味《おい》しそうなにおいと人々の楽しそうな笑い声。ああ、想像しただけで楽しそう」

きっとゆたかは雑誌か何かでそういう情景を見たのだろう。

四月から入るようになったグループでの予約は、料理を店におまかせというケースが多く、ゆたかは本や雑誌を参考に、必死にスパイス料理のパーティーメニューを考えていたのだ。

「手伝ってくれるのはありがたいけど、厨房のほうは大丈夫なの？」

「大丈夫。どちらの予約も料理はおまかせだから準備は万端。席に着いたら、すぐに提供できるわよ。むしろ、注文されたドリンクを作るみのりのほうが大変かも」

「そうかも……」

来店してからメニューを選ぶ大人数のお客様の場合、なかなかメニューも決まらないし、注文を取るにも手間取ってしまう。それに、親しいグループの食事会ならまだしも、この時期のようにまだ知り合って日が浅い人々のグループだと互いに遠慮があって、メニュー選びにもうんざりするくらい時間がかかるのだ。

最初の予約でその洗礼を受けたみのりは、それ以降、予約の連絡が入った際にメニューまで訊《き》いておくことにしたのだった。

「六時からのグループは、大皿料理じゃなくて、一人分ずつ取り分けて提供だったよね。最近はそういうのも多いよね。同じ鍋をつつくのが嫌っていう人が増えている世の中だもん」

「確かに、他人と自分の区別をしっかりつけたい人が多いわよね。私は雑多にワイワイやるのが好きだけどな」

「お姉ちゃん、昔からわりとそういうところ、図太かったよね」

たとえば保育園のお昼寝。広いスペースに布団を敷き詰め、みんなでいっせいに眠るということがみのりにはできなかった。いつも泣き出してしまい、保育士に連れられて二歳年長の姉のクラスに行ったものの、姉は爆睡していて起きてくれなかった。

それから小学校の運動会。ゆたかは友達のお母さんが握ったおにぎりでも喜んで食べていたが、みのりは母親のおにぎりしか食べることができなかった。

いったい、何が原因で同じ姉妹でこうも違うのかわからないが、ゆたかのおおらかさは神経質なみのりには羨《うらや》ましく思える。

しかし、食事に関しては、親しい仲間と大皿料理を囲んで、賑やかに食べるのが好きだ。美味しいという感情を共有するのは、人との距離を縮める最高の手段でもある。

「なんだか、今夜あたり周子先生も来そうな気がするなぁ」

「どうして？」

ゆたかが首を傾《かし》げる。

「いつも忙しい人だけど、毎月、この時期はいろんな締め切りが重なって一段落するって、昔、聞いたことがある。『最新厨房通信』のエッセイ、『路地の名店』の締め切りもこの頃《ころ》だったし」

「そういえば、しばらくお会いしていないわね。この前、通りすがりにハーブティーを大量に買い込んでいったのは、まさに追い詰められていた時だったのかしら」

「そうかも」

そうこうしているうちに、ガラガラと引き戸が開いた。

顔を出したのは「エキナカ青年」だ。駅構内の立ち食い蕎麦屋の早番担当で、週に数回、ディナータイムが始まると真っ先に訪れる。さっと食べて、さっと帰って、さっさと寝るという、早い時間の常連客である。そして、なぜか彼が訪れた夜は決まって忙しくなる。

「いらっしゃいませ。今日はどうします？　っていうか、いつもよりもちょっと早いんじゃないですか？」

さっさとカウンター席に座った青年におしぼりを差し出しながらみのりは訊《たず》ねた。

「あ、ホントだ。まだ五時前だ。でもみのりさん、大丈夫っすよね？」

「ええ、もちろん」

「金曜日だし、飯田橋駅からこっち、すごい人ですよ。ちょうど新人研修とか終わった時期なんですかね。だから、こりゃいかんと思って、急いで来たんです。ほら、最近ここも予約が多いって言っていたでしょ？」

チラリと振り返った青年は、すっかり準備の整った後ろの予約テーブルを眺め、したり顔で頷く。どうやら急いだのは本当らしく、うっすらと額に汗を浮かべた青年に、みのりはミントを浮かべた冷たいレモン水を出した。

「ところで、ここのパーティーメニューって何を出しているんですか？　ま、俺には縁がない話ですけど、参考までに」

カウンター越しに問いかける青年の注文はいつでもカレーだ。特にマトンカレーがお気に入りで、ライスは大盛り。食べっぷりのよさは見ていて気持ちがいい。

「生春巻きや豆のサラダから始まって、お肉や魚介のオーブン焼き盛り合わせ、タジンで蒸した野菜料理に、炒《いた》め物は麺類《めんるい》でパッタイ。締めはインドカレーです。そしてチャイとデザート。大人数のお客様だと、中には、特定のスパイスやハーブが苦手な方が混ざっている可能性もあるでしょ？　だから偏り過ぎず、色んな地域の色んな料理です」

「そもそも、スパイス嫌いの人が混じっていたら、ここに予約しないでしょ」

「それもそうですね。けっきょく、どのお料理にもスパイスもハーブも使われていますしね。まぁ、いずれにせよ、みなさん満腹だって、ご満足いただいています」

「それがいちばん！」

エキナカ青年は、出来上がった熱々のマトンカレーに頬《ほお》を緩めた。

エキナカ青年が食べ終わらないうちに客が入り始め、六時の予約客が来店する頃には、空いているテーブルと座敷はすっかり埋まってしまった。

リゾートホテルのレストランで働いていたゆたかは、予約客の料理にも慣れたものだった。さして大きくはないホテルで他のスタッフもいたとはいえ、食事時に合わせて何十人分ものコース料理を用意していたのだ。

みのりが取ってきたドリンクのオーダーを一緒にこなしながら、「なんかワクワクするね」と興奮を隠しきれない様子に、早くも肩に力が入っていたみのりも、ほどよく気持ちを緩めることができた。

午後七時になり、次の予約客が入る頃には、カウンターの二席を残して満席となっていた。客たちは週末の夜を満喫していて、無数の笑い声が店内を満たしている。

どのテーブルからも次々に追加のドリンク注文が入り、みのりもゆたかも立ち止まる暇もないほどの忙しさだが、これなら多少料理が遅れたところで、誰も気には留めないだろう。客のペースと店のペースがうまく合えば、そこに苦情が生まれることはない。

「盛り上がっているねぇ」

「うん、いい感じ」

姉妹はすでに汗びっしょりである。カウンターの陰に置いた自家製ハーブウォーターをごくごく飲みながら、ゆたかは鍋を振っている。

その時、再びガラガラと引き戸が開いた。また新しい客が訪れたのだ。

空いているのはカウンターの二席だけだった
「一人ですけど、入れますか」

穏やかな風貌《ふうぼう》の細身の男性が、心配そうに店内を覗《のぞ》き込んでいた。

「カウンターでもよろしいですか」

「もちろん」

「あ、今夜は大人数のお客様もいらっしゃって、少しお料理の提供にお時間をいただくかもしれないのですが……」

「構いませんよ。僕一人ですし、時間はたっぷりありますから」

「ありがとうございます。こちらへどうぞ」

みのりは安心して男性客をカウンターの端っこに案内した。

「まずはビールだけ先にいただけますか。料理は後で結構ですので」

「かしこまりました」

おしぼりを手渡すと、みのりは急いでグラスにビールを注《つ》ぎ、メニューブックと一緒にカウンターに置いた。

「もしもわからないメニューがあれば、声を掛けて下さいね。すぐに飛んできますので」

みのりの言葉に、男性客は「ありがとう」と微笑《ほほえ》む。

「新しいお客さん、お一人様？」

タジン鍋で調理した野菜料理を、あらかじめ皿に盛ったクスクスの上に取り分けながら、ゆたかが訊ねた。作業に集中しているため、顔は上げない。

今夜の野菜料理は、ジャガイモや人参《にんじん》のほか、タケノコやソラマメ、アスパラやキャベツも入り、すっかり春色だ。熱が通り、野菜がくたっとしているのも、いかにも味が染みていそうで、みのりは思わず喉《のど》を鳴らしてしまう。クスクスと混ぜ合わせながら食べたらどんなに美味しいだろう。

「うん。男の人。初めてのお客様みたい。ちょっと上品なオジサマって感じ」

「へぇ。ウチには珍しい客層かもね。何を食べてくれるんだろう」

ゆたかは注文が入るのが楽しみで仕方がないといった様子だ。

仕上がった六人分の皿をみのりに運ぶように言うと、次は別のテーブルのオーブン料理の焼け具合を確かめる。よく目が回らないものだと毎回感心するが、ゆたかはテーブルの間の狭い通路を行ったり来たりするみのりのほうが大変そうだと笑う。

野菜料理を運んだ帰りに、カウンターの様子を窺《うかが》うと、ちょうど男性客がメニューから顔を上げたところだった。

「お決まりですか」

「はい。まずはおつまみをお願いしたいんです。パパドとアルパコラ。ええと、メニューにはありませんが、パコラはタマネギでもお願いできますか?」

みのりは注文を聞いて悟った。このお客さんは、かなりのインド料理好きだ。

「タマネギのパコラですね。シェフに相談してきます」

「お願いします。それからマライティッカを」

かしこまりましたと応じながら、はっとして、付け加えた。「当店にはタンドールがないので、マライティッカもオーブンで焼いていますが、よろしいですか」

男性客は少し意外そうな顔をしたが、構いませんと微笑んだ。

厨房に戻ると、ゆたかに鍋を押し付けられた。

「みのり、トムヤンクン運んでくれる? あと、予約席のオーブン焼きも、もうすぐいけそう」

「了解! カウンターのお一人様、パパドとアルパコラ、マライティッカをお願いします。それから、タマネギのパコラもできる?」

パコラとは、いわばインド風の天ぷらで、ひよこ豆の粉にスパイスを混ぜた衣を使う。「アル」とはヒンディー語のジャガイモをさし、スパイシーな味付きの衣で揚げたジャガイモは、おつまみにもぴったりなのである。

「お客さんが訊いたの？」

「うん」

「もちろん！」

ゆたかが笑顔で頷く。大のインド料理好きである姉も、客がインド料理好きだと気づいたのだろう。さっと棚に手を伸ばしてパパドを抜き取ると、軽く炙《あぶ》って皿にのせる。

「おつまみは早いほうが嬉しいからね。すぐにパコラもご用意させていただきます」

2

山中千秋《やまなかちあき》は、ゆっくりとビールのグラスに口を付けた。よく磨かれ、冷やされたグラスならではのきめ細やかな泡と、なめらかなのど越しに、半分ほど一息に流し込む。

今日は四月にしては暑い一日だった。飯田橋の駅から、神楽坂通りの喧騒《けんそう》をかき分けてここまでたどり着いた熱を帯びた体に、心地よく冷たさが染みわたる。

一息ついた千秋はグラスを横に置き、メニューをめくった。

いかにも手作りといったつたないメニューだが、開いたとたん、一筋縄ではいかないことを直感した。

東南アジア料理の店や、インド料理店が街中に何軒も立ち並ぶようになったが、いまだに見向きもしない人が一定数いるのは確かである。

その理由は、どんな料理かわからないという他にも、なじみのないスパイスや調味料が、自分の口に合わないのではないかと、恐れをなしていることも大きいのではないかと千秋は考えている。

そのため、たいていの店のメニューは写真入りで、料理の特徴などの注釈が付いていることが多い。が、ここ『スパイス・ボックス』のメニューは写真もなく、「タジン料理」「インド料理」などの大雑把《おおざつぱ》なカテゴリーごとに料理名が羅列されているだけだ。

よほど通好みの店なのか、それとも、わからなければ何でもスタッフに訊いてほしいということなのか。どちらかは判別し難いが、客とスタッフの距離の近そうなこの小さな店では、後者のほうがしっくりくる気がする。現に一人しかいないホールのスタッフは、料理を運ぶたびにあちこちの客と気さくに会話を交わしている。

前から気になっていた店だった。

いや、正確には、気になっていたのは店ではなく、路地の奥から漂ってくる香りだった。

スパイシーでエキゾチックな香り。

夕暮れ時、メイン通りに比べて街灯も少ない細い路地から漂ってくるこの香りに、千秋は何度も胸を締め付けられるような思いを味わってきた。

この香りは、懐かしい記憶を思いださせる。

切ない気持ちになるのは、その記憶があまりにも輝かしいもので、そして二度と戻らない日々だということがはっきりとわかっているからだ。

千秋にとって、神楽坂は身近な場所だ。仕事上の付き合いで会食が多く、そうなれば神楽坂に招かれることが多かった。自宅や勤務先へのアクセスを考慮してのことだろうが、何よりも神楽坂には会食におあつらえ向きな店が揃っている。

風情ある石畳の路地奥の割烹《かっぽう》料理店、大きな座敷のある料亭、かしこまったフレンチやイタリアン。食事の後にはひっそりと佇《たたず》むバーもある。

それに、場所が神楽坂というだけで、招かれたほうにも何となく一流の店に赴いたような満足感を与えることができる。

スパイスの香りに初めて気がついたのは、昨年十二月のことだった。時々、コラムを依頼される婦人雑誌の編集者から、早めの忘年会をしましょうと誘われたのだ。

千秋は、先方が予約した鉄板焼きの店を目指して神楽坂通りを上っていた。

夕時の神楽坂は人に溢《あふ》れ、どこの飲食店からも、少なからず食欲を刺激する香りが流れ出していた。

その中で千秋が敏感に嗅《か》ぎ分けたのは、エキゾチックなスパイスの香りだった。アジア料理店のナンプラーや香辛料のにおいではない。紛れもなく、スパイスの香りだった。

千秋はにおいの出所を探そうと足を止めた。

急に立ち止まったせいで、後ろを歩いていた男性がぶつかりそうになり、小さく舌打ちをして横を通り過ぎる。千秋は「失礼」と短く詫《わ》び、歩道の端に寄った。

ちょうど毘沙門天の前だった。門の上の提灯《ちょうちん》には煌々《こうこう》と明かりが灯《とも》り、夕時でも参拝する人々が階段を上り下りしていた。

立ち止まると急に師走《しわす》の空気が冷たく肌を刺し、千秋はマフラーに顎《あご》を埋《うず》めた。すぐ横の路地はどうやら風の通り道らしく、ちょうど風下にいる千秋はますます身を竦《すく》ませる。

「あ」

思わず声がもれた。スパイスの香りは、薄暗い路地の奥から漂ってきていた。

そのままにおいをたどって行きたい衝動に駆られたが、待ち合わせまでさほど時間がなく、諦《あきら》めて約束の店へと急いだのだった。

その数日後、千秋は再び神楽坂にいた。今度は別の相手と約束があった。

千秋は都内の大学で教鞭《きょうべん》をとっている。

専攻は英文学だが、英国の生活史や文化にも精通していることから、現在は教壇に立つほかにも評論やエッセイの執筆、テレビでのコメンテーターなどの仕事が多い。学外の企業や団体が仕事相手となれば、固い打ち合わせとは別に腹を割って話しましょう、と食事にも誘われる。

特に二年前に妻に先立たれてからは、ますますその機会が増えた。親しくなった仕事相手は、家に一人でいても寂しいでしょうからと気を利かせてくれているようだった。

確かにその通りだったので、千秋は素直に誘いに応じる。妻がいた頃から、誘われればたいていどこへでも出向いた。周りからは付き合いがいいと慕われていたし、妻からも「誘われるうちが花」と言われていた。

その夜、千秋は約束よりもかなり早く神楽坂に到着した。勤務先の大学の講義が終わると、そのまま電車に乗ったのだ。大学の最寄《もよ》り駅から神楽坂の入口である飯田橋へは、わずか二駅である。

今夜こそあのにおいの出所をつき止めたかった。千秋は意気揚々と、早くも賑《にぎ》わい始めた師走の神楽坂通りを上った。毘沙門天の朱色の山門が見えると、人の流れから逸《そ》れるように、先日の細い路地に入る。

この路地にも何度か足を踏み入れたことがある。雰囲気のいいワインバーやちょっとしたビストロもあって、何度か会合の場になっていた。

久しぶりに気持ちが高揚していた。

正直なところ、妻を亡くしてからというもの、世の中が色を失っていた。悲しみと虚しさ以外に心を動かされることもなく、妻を想《おも》うこと以外の感情はするりと体の表面を滑り落ちていくだけだった。この二年間、ただ時間に流されるままに、決まった仕事をこなしてきただけである。

しばらく路地を進んだ。今夜は風のない穏やかな晩で、前回のような強烈な手がかりは摑《つか》めない。ただ、それでも夕食時の神楽坂はあちこちから美味しそうなにおいが漂っている。かすかに感じるスパイスの香りを頼りに、千秋はずんずんと路地の奥へと足を進めた。

奥へ行くほど昔ながらの飲食店が残る町並みに、どこか懐かしさを覚える。ひときわ目を引いたのは、突如として出現した味のある古民家だった。丸い玄関灯が、アスファルトにノスタルジックな明かりを落としている。

その朧《おぼ》ろな光に照らされた、慎ましやかな看板に目が留まった。

『スパイス・ボックス』

「ここなのか……?」

思わず声が出た。

玄関の引き戸も、路地に沿った格子窓もすべてすりガラスが嵌められていて、店内の様子はいっさいわからない。どのくらい客がいるのか見当もつかない。

しかし、時折、鼻をくすぐるスパイスの香りは、間違いなくこの古民家から漂ってきていた。やはり、胸を締め付けられる香りだ。

時計を見る。さすがに、店に立ち寄る時間はない。

場所はわかった。今度は、プライベートで神楽坂を訪れよう。絶対にこの店に入るのだ。

後ろ髪を引かれる思いで、その日も千秋は約束の店へと向かったのだった。

あれから四か月も経《た》ってしまった。あの時は明日にでも来ようと思っていたのに、翌日になればすっかり億劫《おっくう》になっていた。こういう気分の浮き沈みの大きさも、二年前から感じるようになったことだ。

特に、冬場にそれが多い。

冬は嫌いなのだ。千秋は苦い思いを嚙みしめる。

冬の朝、妻は亡くなった。亡くなったというより、起きてこなかった。

布団の中で冷たくなっていたのだ。

前の日の夜、久しぶりに二人で出かけた。

「あなたばかり、いつも美味しい物を食べてずるいわ」と、笑いながらむくれる妻のために、都心のレストランを予約したのだ。すでに結婚して家を出た娘からも、「パパ、結婚記念日じゃなくても、たまにはママを誘ってあげないとダメよ」と言われたこともある。

妻は嬉しそうにいつもよりも多くワインを飲み、始終上機嫌に微笑んでいた。

だから、てっきり寝過ごしたのかと思った。

珍しいこともあるものだと、千秋はその状況を楽しんでもいた。

たまのことだからゆっくり休ませてあげようと思い、そのまま家を出た。

途中で、何度もスマートフォンを見たのは、「今朝は寝過ごしてごめんなさい」と妻からのメッセージがあるに違いないと思ったからだ。

しかし、いっこうにメッセージは届かない。

さすがにおかしいと思ったのは、昼過ぎのことだった。

それでも午後の講義をこなし、急いで自宅へ向かった。夕方から選者を頼まれている英国文学集の版元と打ち合わせがあったが、とにかく一度家に帰ろうと思ったのだ。

なぜかはわからないが、そうしなければならない気がした。


千秋はビールを飲み干した。思ったよりも喉がカラカラだったようだ。

空になったグラスを置いたタイミングで、「お待たせいたしました」とパパドが置かれた。

豆の粉を使った薄い煎餅《せんべい》で、ビールによく合うのだ。

「タマネギのパコラもご用意できるそうです。お飲み物、何かご用意しますか?」

「ありがとう。もう一杯、ビールを。パパドやパコラには、これがいちばんです」

千秋はいつの間にかこわばっていた頰を緩める。

感情に頼らなくても、表情は簡単に変えられる。それこそスイッチを切り替えるように。

「かしこまりました」

店員はすぐに新しいビールを持ってくると、今度は何往復もしながら、テーブル席に料理を運んでいる。先ほど言っていた、後ろの大人数の客用だろう。

店を外から眺めた限りでは、こんなに賑わっているとは思わなかった。もしも満席だったら、さすがに待ってまでは入らなかったかもしれない。

片手でパパドを割る。かけらを口に運び、噛みしめる。ああ、これだ。この軽い食感。塩味の後に黒胡椒《くろこしょう》の辛さがじわじわと口に広がり、それを冷たいビールで洗い流す。

背後のテーブルから聞こえる、うるさいくらいの話し声も、かつて通った英国のパブのようで心地よい。

妻の沙智《さち》とは、イギリスで出会った。三十年ほど前のことだ。周りに日本人は少なく、いればすぐに話題になった。現地の友人を介して出会ったのが沙智だったのだ。

異国の地で、同じ日本人と出会えば何とも嬉しいものだ。すぐに打ち解けて、あっという間に親しくなった。

沙智は短期留学だったから先に帰国したが、手紙のやり取りは続き、千秋が帰国して大学で働き始めると、本格的な交際が始まった。それから結婚まではごく自然の流れだった。

千秋は研究のため、度々イギリスを訪れていた。英国留学をサポートする団体にボランティアとして協力していたこともあり、イギリスでは日本人のコミュニティとも積極的に連絡をとって情報収集も手伝った。

研究テーマは近代のイギリス文学だが、文化や生活史にまで興味があるのは、最初のイギリス留学の影響だろう。

若かったせいか、初めてのことが何もかも新鮮で、今もあらゆることが鮮明に記憶に刻まれている。妻と出会った、輝かしい思い出もあるからかもしれない。

いいや、しかしそれだけではない。勝手もわからず、語学力も十分とは言えなかったあの頃、相手とコミュニケーションを取ろうと必死になって、全身全霊で生きていたからだ。当時の記憶は、脳というよりも、体そのものに焼き付いている。

現地の文化や生活になじみたくて、パブを梯子《はしご》し、ようやくできた友人と毎日、街を歩き回った。日本人の自分から見れば、憧れのような石造りの街に、どこからともなく漂ってくるスパイスの香りには驚いた。イギリスにこんなにインド料理店があるなんて、考えたこともなかったのだ。

「お待たせしました。パコラとマライティッカです」

やわらかな声に、はっと我に返る。再び固まっていた口角に力を込めて持ち上げた。

料理を運んできたのは、さきほどまで厨房にいた女性だった。やけに大きなサイズのコックコートを着ている。

千秋は運ばれてきた皿を見た。

まずはパコラだ。ジャガイモもタマネギも一センチほどの厚みの輪切りにされている。

それらがひよこ豆とスパイスの衣をまとい、ふっくらと揚がっていた。横にはケチャップが添えられている。

「衣だけでも十分味がありますけど、ケチャップはお好みで」

カトラリーの籠《かご》には箸《はし》も入っていたので、千秋はさっそくジャガイモを口に運んだ。

ほどよい厚みは、ほくほくとしたジャガイモの食感を残し、厚めの衣の味加減とちょうどいい。衣がふっくらとしているのは、ベーキングパウダーでも入っているのか、サクッとしながらもふんわりと素材を包んでいる。

次はオニオンリングだ。サクッと衣を歯が破ったとたん、とろりと熱の通ったタマネギの甘みが口の中いっぱいに広がった。

クミンとコリアンダー、チリパウダー。スパイスの風味が、タマネギの甘みにさらに奥深さを与えている。全部飲み下すのとほとんど同時に、千秋はビールに手を伸ばした。無限のループになりそうな予感が怖いほどだ。

「無理を聞いていただいてありがとうございます。やっぱりタマネギのパコラはいい。久しぶりです」

「お好きなんですか？　インド料理」

「ええ、まぁ。あまり食べに行く機会がないんですが、昔、イギリスにいたことがあって……」

シェフは「おや」という表情を浮かべたが、千秋はすっかり料理に夢中になっていた。

「こんなに本格的なインド料理があるのに、タンドールはないんですか？」

「予算的な問題です。それに、当店はインド料理専門店というわけではないので」

恥ずかしそうにシェフは目を伏せる。

厨房の設備はどうなのかと、千秋がカウンター越しに目をやると、先ほどのエプロン姿の店員が、必死になって色とりどりのシャーベットを皿に盛りつけていた。

大人数の客のデザートなのだろう。冷凍庫から出したばかりのシャーベットは固すぎるのか、恨めしげに、こちらにいるシェフを見つめている。

「もっとインド料理のお話をお聞きしたいところですが、どうやら厨房に戻ったほうがよさそうですよ」

千秋の言葉に、シェフも苦笑を浮かべる。

「そうみたいですね。ちょっと手伝ってきます」

「パコラとマライティッカをいただきながら、カレーをどうするか考えます」

「ぜひ」

厨房に戻ったシェフがディッシャーを受け取り、てきぱきとシャーベットを盛っていく様子を千秋は眺めていた。

マライティッカは妻が好きだった。

沙智がイギリスにいた間、実はそう何度も現地のインド料理店を訪れたわけではない。

むしろ千秋がインド料理を好きになったのは、その後に何度も訪れるようになってからで、せっかく覚えたその味を妻にも味わってもらいたくて、東京のインド料理店に誘ったのだった。

都心にある、ちょっと瀟洒《しょうしゃ》な感じのするインド料理店だった。その雰囲気だけで、妻は目を輝かせた。けれど、決定的なことを千秋は失念していた。妻は、辛いものが苦手だったのだ。

しかし、店のスタッフがマイルドな料理を色々とすすめてくれた。彼はインド出身だそうだが、日本語を流暢《りゅうちょう》に話し、物腰もやわらかく、笑顔に愛嬌《あいきょう》があった。

ヨーグルトや生クリームにつけ込んだ鶏肉《とりにく》を焼いた、マイルドな骨なしタンドリーチキンともいうべきマライティッカを、妻が大絶賛したのは、もちろん彼の親切な説明と提案があったからだろう。

不思議だ。妻とはほんの数回しかイギリスのインド料理店に行ったことはないのに、ロンドンの洒落《しゃれ》たインド料理店を思い浮かべるたびに妻の姿が重なるのだ。いつかまた連れて行きたいと思っていたからだろうか、それとも、留学中の妻と過ごした輝かしい記憶が、そんなふうに思わせるのだろうか。

ゆっくりとビールのグラスを傾け、パコラをかじり、ナイフでマライティッカを切り分ける。ほどよい肉の弾力が心地よく、しっかりとした味がついた肉は、咀嚼《そしゃく》すれば驚くほどにやわらかい。クリームの甘み、ヨーグルトのわずかな酸味、カルダモンらしきスパイスの香気とニンニクの風味。この複雑な味わいがインド料理なのだ。

ああ、今、横に妻がいたらどんなによかったかと思う。

ここのマライティッカはオーブンで焼いているせいか、今まで食べてきたものよりもずっとジューシーだった。タンドールで焼けば、脂が下に落ちてしまうからかもしれない。

一人で食べても美味しさに変わりはないが、どうしても寂しさは感じてしまう。

妻がいないからこそ、一人で美味しい物を食べることに罪悪感さえ覚える。

だから、よけいに妻の姿を思い描く。

隣に座っているのだと思い込む。

その時、カウンターに座っていた二人組が席を立った。もうずいぶん前から食事は終えていたようで、チャイを飲みながらおしゃべりをしていたらしい。

何気なく見れば、若い女性の二人組で、大学で自分が教える学生と同じくらいの年頃だった。彼女たちから見れば、自分など一人でビールを飲む、冴えない中年オヤジに見えるに違いない。

以前は、千秋も教え子にモテた。モテたといっても変な意味ではなく、年齢の割にオシャレな大学教授として、学生たちから慕われたのだ。

妻は、人前に出る仕事だからと、毎日スーツやネクタイを選び、靴を磨いてくれた。

爪《つめ》が伸びていないかと手を取って確認し、「若くないんだから、オヤジ臭いなんて言われないようにね」と、ミントタブレットを欠かさずに鞄《かばん》に入れてくれていたのも妻だ。

「おいおい」と嫌がるフリをしながらも、気にかけてもらえることが嬉しくてたまらなかった。

自分の著作のカバーの、著者近影から目を逸らすようになったのはいつからか。

あの写真を見れば、嫌でも撮影の日の朝、ネクタイを結んでくれた妻を思い出してしまう。何よりも、あの時の自分は、数年後に妻が隣からいなくなるなどと考えもしなかった。

「カッコよく撮ってもらわなくちゃ。だって、何年経とうとも、本を手に取る人にとっては、この写真こそがあなたなのよ。たとえ本人が年を取っていてもね」

そう言って笑った妻の顔がぐにゃりと歪《ゆが》み、慌てて千秋は目頭を強く押さえる。

年を取らないのは、君のほうじゃないかと、心の中で呟《つぶや》く。

沙智は千秋のことを大切にしてくれた。

千秋にとっても、沙智は誰よりも愛する妻だった。

いつまでも仲がいいわね、なんて娘からも呆《あき》れられるほどに。

「カレーはお決まりになりました？」

いつの間にか、カウンターの向こうにシェフが立っていた。

盛り上がっていた大人数の客は帰ったようで、もう一人の店員がものすごいスピードでテーブルを片付けている。

何気なく時計を見ると、午後九時だった。うまくいけば、閉店までにもう何組か客を入れられる時間なのだろう。

カレーを選ぶと言いながら、さっぱりメニューを見ていなかった。

千秋は慌ててカウンターの端に置かれていたメニューに手を伸ばす。

「ええと、実は好きなカレーがあるんです。ここにもあるかな……」

シェフはそっと手を出して、千秋の動きを制した。

「当店はインド料理専門店ではないので、そう多くのメニューがあるわけではありません。でも、おっしゃっていただければ、ご用意できるかもしれません。インド料理がお好きな方ならご存じかと思いますが、インドカレーは数種類のベースをアレンジして、数多くのカレーを作り出していますから」

「そうですか。では、チキンティッカマサラを」

「イギリス発祥と言われるインドカレーですね。もちろん、ご用意できます」

「よかった、あれが大好きなんです」

「私もです」

シェフが微笑む。「ええと、タンドールがないので、ふわっとしたナンはご用意できませんが、ロティでよろしいですか？　ライスもありますけど」

「ロティを一緒にお願いします」

「かしこまりました」

また別の大人数の客が席を立ってぞろぞろとレジへ向かう。年配の者と若者のグループだった。会社の歓迎会か何かだろうか。この季節も、何かと誘われる時期だ。

以前は学生たちにも誘われれば飲み会に参加したが、今では仕事関係の付き合いばかりを優先させている。

『あなたが若い子たちに教えてもらっていることだってたくさんあるはずなんだから、そういう交流も大切にしなさい。楽しんでくればいいのよ』

そんなふうに言っていた妻はもういない。

不思議だった。妻の言葉や振る舞いを、いくつもはっきりと覚えている。

ここぞという場面で、まるで横にいるかのように、頭の中から語り掛けてくる。

千秋は皿の上の最後のマライティッカを口に入れ、グラスのビールを飲み干した。

妻が喜んだ懐かしい味だ。

だから、やっぱり今も隣に妻がいるような気がする。

二人でインド料理店の小さなテーブルに向かい合った時のまま、時間が止まっていたらよかったのにと思う。

「お待たせいたしました」

カレーが運ばれてきた。

運んできたのは今回もシェフのほうで、もう一人はまたしてもグループ客が帰ったテーブルを必死に片付けていた。最初のグループ客が帰ったテーブルには、いつの間にか別の客が入っていた。この店はなかなか盛況なようだ。

「どうぞ、熱々のうちに召し上がれ」

「はい。では、さっそく」

千秋はカレーの入ったスープボウルとロティの皿を引き寄せた。

甘酸っぱいトマトと、スパイスの香り。妻にこのカレーをすすめたのは、イギリスですっかり好物になった千秋だった。最初は真っ赤な色を見て、トウガラシではないかとひるんだ妻に、これはトマトの色だと必死に説明して、無理やり食べさせた。半信半疑だった妻も、ひと口食べただけで、すっかり気に入ってくれた。

「美味しい！」と、満面の笑みを浮かべた妻の顔が頭に浮かぶ。

チキンティッカマサラは、トマトをベースに、クリームを加えたマイルドでコクのある味わいだ。そこに様々なスパイスが加わり、濃厚で複雑な美味しさを生み出している。

驚くべきは、その具材がタンドールで焼いたチキンティッカだということだ。

チキンティッカ自体もスパイスでマリネして焼いた肉だから、カレーの味にさらに深みが加わる。

最初はスプーンでルーだけをすくって食べた千秋は、納得したように頷いた。

焼きたてのロティをちぎり、スプーンでカレーを載せる。

熱々なのがわかっているくせに、口に入れずにはいられない。

「よろしければ、どうぞ」

すっとカウンターに置かれたのは、ヨーグルトのサラダ、ライタだった。

「サービスです。マライティッカにチキンティッカマサラ、ご注文がマイルドなものばかりでしたので、インド料理がお好きでも、辛い物はあまりお得意でないのかなと思ったものですから」

確かに、注文内容で客の好みはある程度分かるだろうが、普通ならそこで終わりだ。

シェフの気遣いに、千秋はすっかり感心してしまった。そのせいか、つい言ってしまう。

「辛いものが苦手なのは妻なんです。でも、合わせているうちに、僕まですっかり彼女が選ぶメニューが好きになってしまったんです」

「イギリスで、よくインド料理を召し上がったんですか」

「まぁ、たくさん店がありましたから。洒落た店も多くて、日本とはちょっと雰囲気が違いますけどね」

「食文化って不思議ですよね。住む場所が違っても、人々は簡単には生まれ育った土地の食べ物を忘れられません。見事にその土地に根付き、イギリスの食文化の一部にすっかり彼らの味を定着させたのは、本当にすごいことだと思います。そのカレーが、いずれ日本にも入ってくることになるんですから」

「本当にその通りです。そして、その土地の人々の口に合うように工夫され、さらに進化する。チキンティッカマサラはまさにその典型ですね」

「ええ。インド料理のシェフは、鶏肉の皮も脂も筋もきれいに取り除いて調理します。スパイスでマリネしてからタンドールで焼いたお肉は、さらによけいな脂分が落ちて、どうしてもパサついてしまう。今では、私たちはそういうものだと思って食べていますし、マリネしたお肉はやわらかいですから、パサついたとしてもさして気になりません。でも、かつてのイギリスのインド料理シェフは、そこに工夫を凝らしたんですよね。ソースをかけることを思いついた。インド料理店なので、もちろんソースはカレーです。それがチキンティッカマサラの起源と言われています」

「そうですね。そして、それが今ではあらゆる国のインド料理店のメニューにある」

シェフの説明は、かつて千秋が沙智にしたものとまったく同じだった。

なんということだろう。あの時の楽しい気持ちが蘇《よみがえ》ってくる。

シェフは、空になっていた千秋のグラスに気が付いた。

「お飲み物、何かご用意しますか？」

「そうですね、今度はカレーを肴に、もう一杯いこうかな」

「よろしければ、ワインも意外とカレーに合いますよ。インドのワイン、ちょっとだけ手に入ったんです」

「インドのワイン！　想像したこともなかったな」

「確かにあまりメジャーではないですからね。今のように本格的に作られるようになったのは、わりと最近らしいんですけど、考えてもみて下さい」

「ああ、イギリスの植民地でしたからね。スパイスの交易を巡って、ヨーロッパ諸国が南アジアに進出していた。西欧人といえばワインです。作ろうと思っても不思議はない」

「そうです。インドの気候はブドウ栽培に適しているとは言えませんが、ずいぶん昔から、中東との交易ルートはありました。スパイスなどと引き換えに、ブドウの種がもたらされたのかもしれません。ちなみに、現在のブドウ栽培は、標高の高い地域で行われているようです」

　インドのワイン。千秋は興味を引かれて思わず喉を鳴らした。

　もともと千秋は、ワインを好んでよく飲んでいた。以前はゼミの学生を前に、ひとしきり蘊蓄《うんちく》をたれたこともあるほどだ。いかんせん根っからの学者気質である。人前で知識を披露するのは大好きだった。妻がいた頃は。

「……せっかくですが、ワインはやらないんです。どうも、悪酔いしそうで」

「あら、それは失礼いたしました」

妻と予約をして出かけたレストランでは、思いのほかワインが進んだ。料理もよく、気分もよかった。何よりも、夫婦で訪れた、久しぶりのちょっとかしこまった店での食事に、二人とも高揚していたのだ。

妻は明らかにはしゃいでいた。もともとアルコールに強い妻ではあったが、夜に家を空けがちな千秋を差し置き、一人で晩酌をするタイプではない。きっと、久しぶりに飲むワインが、さらに彼女を興奮させたのだ。

そもそもその夜のアルコールが原因だったのか、その年一番と言われた冷え込みが原因だったのか、それともまったくの不幸な偶然だったのか。

千秋は何度も考えたが、けっきょくわからない。あるのは苦い後悔だけだ。

夜中の間、もしかして苦しんでいた妻に気づかなかったのではないか。

あの朝、無理やりにでも妻を起こそうとしていたら、何か違ったのではないか。

死因や死亡した時刻も後で調べられ、きちんと伝えられたはずなのだが、まったく記憶に残っていなかった。ただ、千秋はショックに打ちひしがれていた。

あの朝、寝室に漂うわずかなアルコール臭に、さすがに昨夜は飲み過ぎたな、などとのんきにミントタブレットを噛み砕きながら出勤した自分をどれだけ悔やんだことか。

千秋は三杯目のグラスビールを注文した。

ビールと言いながら、頭の中はワインのことでいっぱいだった。

あの夜の、ワイン。

美味しい、美味しいと何度も繰り返した妻。

もしもここに妻がいれば、インドのワインにも興味を示したに違いない。

「あの……、せっかくですから、インドワインのボトルだけ見せていただけませんか」

シェフに声を掛けたが、彼女はテーブル席の客の料理に取り掛かったらしく、ボトルを持ってきてくれたのは、もう一人の店員だった。ご丁寧に赤と白、両方だ。

「今はどのテーブルもワインの注文は入っていませんから、ゆっくり見ていただいて構いませんよ」

「どうも」

手に取って眺めてみたが、特にインドらしき特徴もなく、どこにでも並んでいるワインと同じだった。ラベルを読むと、それぞれブドウ品種はシラーズとソーヴィニヨン・ブラン。よく見かけるものだ。そうなれば、産地による味の違いを試してみたくなる。インドの気候で育てば、やはり他の地域のものとは味わいも違うだろうか。

そこで千秋ははっとする。

味の違いに気づいたところで、それを伝える妻はいない。

新しい発見を分かち合う相手のいない寂しさは、このところ忘れていたものだった。

それを思い出したくないばかりに、何事にも無関心を貫いてきたのだ。

急に冷めたような気持ちになり、千秋はワインボトルをカウンターに置いた。

スプーンを手に取り、チキンティッカマサラをすくう。ロティもすっかり冷めてしまっていた。けれど、どちらも美味しかった。やっぱり、妻と美味しさを分かち合えないことがひどく残念に思えた。


「インド料理店をよく食べ歩きされているんですか？」

てっきり千秋のことをインド料理好きと思い込んでいる店員が、食器を下げながら訊ねてくる。初めての一人客が、いったいどういうきっかけでここに足を運んだのか気になっているらしい。

「普段からインド料理を食べ歩いているというわけではありません。先日、たまたま神楽坂通りを歩いていたら、この路地からスパイスの香りが漂ってきたんです。気になって、においをたどってここに行きついたというわけです」

「なるほど！　香りに惹《ひ》かれて来店してくださったわけですね。やっぱりにおいって、飲食店にとって何よりも宣伝効果がありますよね」

「そうかもしれませんね」

千秋は笑顔で応じ、会計を頼む。

「あら、食後のお茶はよろしいのですか」

シェフは、もう少しインド料理について語りたそうな様子だ。

「さすがにお腹《なか》がいっぱいです。どの料理も、とても美味しかった」

「ありがとうございます」

店内はラストオーダーの時間が近いのか、すっかり落ち着いていた。

二組ほどがテーブルにいたが、食事はすでに終えているようだ。

会計はエプロン姿の店員がしてくれ、シェフも見送りに出てきてくれた。

財布を懐に入れ、改めて「ご馳走様《ちそうさま》」と二人に向き直った時だった。

「あの、よろしかったら」

シェフが、レジの横に置いてあった銀色のボウルから何かをつまみ、千秋に手渡す。

とっさに受け取ったチャック付きの小さなビニール袋の中には、カラフルな粒が入っていた。

「砂糖でコーティングしたフェンネルシードです。食後にお茶を召し上がらなかったでしょう？　お口の中がスッキリするかなと思って」

「ああ、どうも」

そういえば、妻と行ったインド料理店でも、レジの横に同じものが置かれていた。

色とりどりの粒に興味を引かれたものの、その店ではボウルの中に直接入れられていて、指でつまんで口に入れる勇気が出なかったのだ。こういうふうに、小袋に入れてくれるのはありがたい。

「フェンネルシードは、爽《さわ》やかな味わいでお口の中をさっぱりさせてくれます。それに、消化の促進や整腸作用などの効果があります。チャイのかわりです。どうぞ」

確か、チャイには消化を促すスパイスも入っている。

そういうことかと、千秋は茫然《ぼうぜん》とシェフの顔を見つめた。

シェフの横の店員は、またかというような苦笑を浮かべている。

きっと、このようなサービスは、千秋が特別というわけではないのだろう。

けれど、このお節介ともいえるサービスが、妻の姿に重なった。

そっと、ミントタブレットを千秋の鞄に潜ませ、いつも身だしなみを気にしてくれていた妻に。

「……どうもありがとう。また、寄らせていただきます」

千秋は微笑んだ。歪みそうになる顔をごまかすには、微笑むのがいちばんだった。

ここに導いたのは、実はスパイスの香りではなく、妻だったのかもしれない。

千秋は、久しぶりに、胸の中が温かくなるような気持ちを味わっていた。

それは、この二年間、すっかり忘れていたものだった。

3

その夜の閉店時間を迎え、玄関灯の明かりを落としたみのりは、大きく伸びをした。

「ああ～、今夜も忙しかったね。ホント、よく働いた！」

厨房の片づけをしていたゆたかも洗い物の手を休めて大きく頷く。

「そうねぇ。予約のお客さんがあると、ちょっといつもと流れが違うしね。でも、無事に終わってよかったわ」

「そういえば、周子先生、いらっしゃらなかったなぁ。絶対に今夜あたり、来るって思ったんだけど」

「あっ」

「どうしたの、お姉ちゃん」

「さっきのお客さん、ほら、カウンターでビールを三杯も飲んでいた……」

「うん、インド料理が好きそうだったよね。インド料理フェアをやっている時に来てくれたらよかったのに、ちょっと残念」

「そうね。えっと、そうじゃなくて、あのお客さんと話していて、誰かに似ているなって思ったの。周子先生よ！　イギリスでインド料理が好きになったって……」

「また蘊蓄をたれているのかと思ったら、そんな話をしていたの？」

「蘊蓄って……。言っておきますけど、れっきとした商品説明ですからね。お客様との会話を大切にしたいの！」

「それは同感。じゃあ、ますます周子先生が来てくれたら、話に花が咲いたかもしれないね。ほら、周子先生、誰とでもすぐ親しくなっちゃうし。あの社交性、いつも憧れだったんだよねぇ」

「まぁ、仕方ないわよ。周子先生も忙しいだろうし、さっきのお客さんもまた来てくれるかもしれないし」

そこで、みのりはふと何かを思い出したように流しの前に立つゆたかにすり寄った。

「ねぇ、お姉ちゃん、私もタマネギのパコラ、食べたい。私が大のオニオンリング好きだって、知らなかったっけ？　あんなメニューがあるなら、先に教えてよぅ」

「今夜はもう油も始末しちゃったし、無理よ。じゃあ、明日ね。明日の賄い、パコラでインド風の天丼《てんどん》にしましょうか」

「やったぁ！」

姉妹は手早く閉店の作業を終え、店を出た。

この時間の神楽坂通りは、飯田橋駅に向かう人の流れが出来ている。どこかの店で食事をしていた人、その中のひとつで働いていた人、雑多な人に囲まれながら、一緒になって下る坂道は、どこか一日の終わりの安らぎに満ちていて、みのりはこの瞬間が好きだった。遅い時間とはいえ、もう寒さはなく、お堀の上の空にはいくつかの星も瞬いていた。

「お久しぶり。今日はテイクアウトじゃなくて、しっかり食べに来たわよ」

ディナータイムの始まりと同時に、威勢よく現れたのは神楽坂在住の大御所作家、鮫島周子だった。仕事相手の編集者らしき男性二人を連れていたが、周子と一緒にいるとまるっきり従者にしか見えない。

「今日はね、美味しいカレーを食べさせてあげるって連れてきたの。だって、インド料理を食べたことがないなんて言うんだもの。しょっちゅう神楽坂の飲食店に出入りしているくせに、『スパイス・ボックス』を知らないなんて言うんですもの」

一人が慌てたように大きく両手を振る。

「知らないとは言っていませんよ。お伺いしたことはないって言ったんです。だって、先生、しっかり『路地の名店』でこちらを紹介していたじゃないですか」

「あら、読んでくれていたの」

「当たり前です。先生の書かれた物は、ひと通り目を通しておりますよ！」

「まぁ、嬉しい。そう、じゃあね、こちらのオーナーさんが、実は厨書房のご出身なの。もちろん、コネで私がエッセイを書いたわけじゃないわよ。本当にここのお料理は美味しいんだから。それを証明するために、今夜はお連れしたの」

周子を前に、二人の男性編集者はタジタジである。

不意打ちで紹介され、みのりもどう返したらいいのかと戸惑った。

この調子で、これまでも何度も周子は『スパイス・ボックス』に新たな客を連れて来てくれ、オープン以来、世話になりっぱなしで頭が上がらない。

もっとも、数々の連載エッセイなどの仕事の傍ら、渾身《こんしん》の長編を執筆中という周子が行き詰まるたび、頭を活性化させるハーブや、体の調子を整えるスパイスのお菓子を差し入れしているので、持ちつ持たれつといった関係を保っている。

それでも、今夜はホスト役の周子の手前、何かしらサービスをしようと、ゆたかと相談をし、野菜のパコラ盛り合わせをテーブルに運んだ。

ジャガイモ、タマネギ、カリフラワーにオクラ。ふっくらとしたスパイシーな衣でサクッと揚がったパコラは、「おつまみに最高!」と、周子は大感激で、さらにインドワインの追加注文が入る。連れの編集者もかなりの健啖家《けんたんか》で、かつ酒豪ときている。気持ちのいい食べっぷりに、みのりまで楽しくなるのだった。

金曜日ということもあって、すっかりテーブル席は埋まり、残すはカウンターの四席のみとなっていた。店内の賑わいに比例して、姉妹は立ち止まる暇もないほどの忙しさだ。

ガラガラと開いた引き戸に真っ先に気づいたのは、たまたま厨房で顔を上げたゆたかだった。

「いらっしゃいませ」

姉の声に反応して「いらっしゃいませ」と返しながら、みのりは思わずあっと声を上げた。つい先週も来店した、インド料理好きの男性が、賑わう店内に感心したような表情で立ち尽くしていた。

「盛況ですねぇ。やっぱり、金曜日はいつもこんな感じなのかな」

「今夜は特に。カウンターにどうぞ」

「はい、失礼いたします」

男性はみのりが引いた椅子に腰を下ろし、「先にビールをお願いします」と前回と同じように注文をする。

厨房のビールサーバーに向かうみのりを待ち構えていたように、ゆたかが手招きした。

姉の提案を聞き、みのりはすぐにカウンターに引き返す。

「シェフが、どうしてもお出ししたいお飲み物があるそうなのですが、お持ちしてよろしいですか」

「おや。何でしょう。気になりますね」

メニューを眺めていた男性は興味をそそられたようだった。

厨房では、ゆたかがすでに用意を始めていた。冷蔵庫から取り出したデキャンタには、赤い液体の中にぎっしりとオレンジやイチゴ、レモンなどのフルーツがつけ込まれている。

「いつの間に、サングリアなんて作っていたの？」

「先週いらした時、インドワインに興味津々だったわよね。でも、悪酔いしそうだからって、けっきょく最後までビールだった」

「うん。ビール三杯も飲むんだもん、お酒に弱いって感じではないよね。たまたま、ワインが苦手なのかな」

「でも、インド料理好きなら、やっぱりインドワインも試してみたいものじゃない？　サングリアならどうかなって、作ってみたの。最近は女性客も多いし、軽い感じのアルコールメニューも増やせないかなって思っていたんだよね」

グラスにミントの葉を飾りながら、ゆたかが「お願いします」とみのりに手渡した。

みのりは早速カウンターに向かう。

「インドワインが気になっていたようですので、サングリアにしました。こちらならいかがでしょうか。もしも本当にワインが苦手なのでしたら、すぐにビールをお持ちします」

グラスを置くと、男性は驚いたようにまじまじと見つめ、困ったように眉《まゆ》を下げた。

「まいったな、苦手ではないのです。むしろ酒の中ではいちばん好きなんですよ、本当はね」

カウンター上のダウンライトの光を跳ね返し、グラスも、澄んだ赤い液体も輝いて見えた。浮かんだフルーツはまるで宝石のようだ。しばらくグラスを見つめていた男性は、手を伸ばし、ゆっくりとサングリアを喉に流し込んだ。

みのりは、息をつめてその様子を見守っていた。そうさせる雰囲気があった。

「……お口に合いました？」

男性がグラスを置くのを待って、つい訊いてしまう。

彼は顔を上げ、くしゃっと微笑んだ。

「ええ、美味しいです。インドワインというよりも、シェフのサングリアがとても美味しい。何というか、このお店は、ひとつひとつのサービスが心に染みますね」

「ありがとうございます！」

みのりは嬉しくなってぴょこんと頭を下げた。

「今日は何を召し上がりますか？」

「そうですねぇ、実は先週、ちょっと気になったんです。隣に座っていたお客さんが食べていたのはガパオライスでしたし、あなたも生春巻きやどんぶりを他のテーブルに運んでいましたよね。それに、あの棚に並んでいるのはタジン鍋です。『スパイス・ボックス』というのはつまり……」

「そう。多国籍のスパイス料理をご用意しています。正確にはスパイスだけではなくハーブなんかも使って、心も体も元気になるようなお店がコンセプトなんです」

「素晴らしいですね。それは、どうして?」

「姉……、いえ、シェフのアイディアなんです」

「ご姉妹でやられているんですか。そういえば、シェフもインド料理が大好きだとおっしゃっていました」

「はい。以前、スパイス料理で元気づけられたことがあるからって。そのインド料理店のおかげで、姉は結婚までしてしまったんです」

「まさか、ご主人は現地の方?」

この客がそう思ったのも無理はない。思い出の店であるインド料理店のコック、アヤンさんから学んだゆたかの味は、インドやネパール出身のコックが作る料理にも遜色ない。唯一の欠点は、ここにタンドールがないということくらいだ。

「いいえ、日本人です。でも、バックパッカーとしてたくさんの国を回ったそうですから、色々な国の人たちと交流し、その国の料理を食べてきたんでしょうね。その影響で、姉は一度も外国に行ったこともないくせに、今ではこんな店をやっています」

男性客はしきりに感心している。

「なるほど。いつか、ご主人に連れて行ってもらえるといいですね。もちろん今のお料理も素晴らしいですが、実際に現地に行くことで見えるものもあります。ご主人と一緒なら、感じ方も二人分だ。感動もより大きくなります」

「そうですね。そうかもしれません」

みのりは穏やかに微笑む。

今はゆたかもみのりも一人の身だ。死別と失恋、お互いに乗り越えた傷はそれなりに深いもので、一人になったからこそ生み出された大きなエネルギーがあったことは間違いない。その二人が手を取り合ったから、『スパイス・ボックス』が存在している。

「実は、今夜は他にもインド料理好きの常連様がいらしているんです。先日、お客様がお召し上がりになったタマネギのパコラ。あれを、レギュラーメニューにしようかということになりまして、その方にもお出ししたら大好評でした。野菜のパコラ盛り合わせでご用意したのですが、お客様もいかがですか」

「いいですね。お願いします」

厨房に注文を通したみのりが、別のテーブルに料理を運んで戻ってくるのを見計らったように、カウンターの男性客が手を上げた。

「他のご注文もお決まりですか？」

彼は、心なしか声をひそめた。

「今日いらしているという、インド料理好きの常連さんは、何を注文されているんですか？　そういう方が召し上がる料理が気になります」

「ええ～、かなりの常連様ですから、ほとんどウチのメニューは網羅されています。そうですね、でも今夜はお連れ様がいらっしゃいますから、特に王道メニューを選ばれているかも……」

「王道とは？」

「メニューブックに載っているものということです。普段はメニューにないものばかり、『できるでしょ？』なんて要求してくるので困っちゃうんですけど」

みのりは苦笑しながら、メニューを開いて上から指さしていく。

「ライタにサモサ、タンドリーチキン。カレーは、マトンカレー、ほうれん草ベースのサグチキン、そしてチキンティッカマサラです」

「チキンティッカマサラ！」

「ええ、だいぶ前ですけど、イギリスに留学されたことがあって、その時にすっかりインド料理が好きになったそうですよ」

「ほう、イギリス留学を」

そういえば、お客様も……と、ゆたかに聞いた話を思い出した時には、すでに男性客は振り返って、後ろを見つめていた。

みのりも、つられてテーブル席に目をやる。

ちょうど、周子が席を立つのが見えた。みのりを見つけ、笑顔で手を振る。

そろそろ食事も終盤で、締めのデザートとお茶を相談したいのかもしれない。

「みのりさん、今日のお客様も大満足よ」

「ありがとうございます」

「スパイス料理なんていうと、最初はみんなひるんで、恐る恐る箸を伸ばすんだけど、ゆたかさんのお料理は、スパイスのさじ加減が絶妙だもの。おまけに、色々な効用があるなんて言ったらイチコロよ。私の周りの編集者なんてみんな酒好きで、何かしら胃腸の不調を抱えているからね。それでもお酒って止《や》められないんだけどさ。ホント、困っちゃうわ」

　カラカラと笑う様子からも上機嫌なのは明らかだ。

　そこで、ようやくカウンター席の男性客に気が付いた。

「あら、接客中だったのね。失礼しました」

　と、照れたように頭を下げる。しかし、下げた頭をすぐに上げて、まじまじと男性客の顔を見つめた。相手もぽかんと周子を見つめていた。

「……ええと、山中……、山中千秋さん……？」

　記憶の深淵から引きずり出したような周子の声に、男性客は深く頷いた。

「ええ、そうです。山中です。まさか、鮫島さんとこんな所でお会いするなんて！」

「まぁ、本当に千秋さんなの？　うそ、こんな偶然あるのね」

　周子は飛び上がらんばかりに興奮して、男性客の手を取ってぶんぶんと振った。

店内の客たちは何事かとカウンターを向き、そのうちの何人かは作家の鮫島周子だと気付いたようだが、ここは神楽坂。周子が神楽坂に住んでいることは知らなくても、この界隈の飲食店によく出没することはすっかり世間に知れ渡っている。へぇ、という顔でそれぞれの食事へと戻っていく。

周子は、男性客がまだパコラとサングリアしか頼んでいない様子を見ると、興奮を無理やり押さえつけるようにして言った。

「私ね、もうすぐ食事が終わるの。そうしたら、ここに合流してもいい？　千秋さんはこれから食事なんでしょう？　どうぞ、ゆっくりと召し上がっていて。その後で少し飲みましょうよ」

「ええ、もちろん。すごいな、鮫島さんに会うのなんて何年ぶりだろう」

「本当よ。こんなチャンスを『偶然ですね』だけで終わらせるなんて、もったいないじゃない」

周子はみのりにはカウンター席をキープするように言い、厨房に向かって、「私たちのテーブル、そろそろチャイで締めるわ。あと、男性陣にはデザートにクルフィーを出してくれるかしら」

「クルフィー？　けっこう甘いですけど、大丈夫ですか？」

首を傾《かし》げたみのりにゆたかが微笑む。

「カルダモンですよね？　先生」

「そうよ。最後はスパイスで消化促進。明日、胃もたれしたなんて言われるのは嫌だもの」

「なるほど」

みのりは得心した。クルフィーはカルダモン風味のミルクアイスのようなデザートだ。ゆたかはたっぷりとピスタチオを加え、ねっとりと濃厚な口当たりに仕上げる。

いつの間にか、周子までですっかりスパイスマニアになっている。

そのまま周子は、作り付けの本棚の裏手に位置する洗面所に消えた。

最後はバッチリ化粧を直して帰っていくのが周子なのである。

千秋さんと呼ばれたカウンターの男性と周子がどのような関係かは知らないが、この後、彼と飲み直すことを考えれば、より念入りに鏡を見つめるに違いない。

そういうところも、みのりにとっては憧れなのである。


周子は連れの編集者を送り出すと、カウンターに移動してきた。

迷いもなく赤ワインを頼む。すぐに置かれたグラスの赤い液体を、横の男性客は眩《まぶ》しげに見つめていた。

千秋のほうは、あれからシークカバブをつまみにビールを注文し、前回と同じチキンテイッカマサラを半分ほど食べたところだ。よほど好きと見える。

「懐かしいわね。あの時はお世話になりました」

「いえ。当時から鮫島さんは有名でしたけど、その後のご活躍をいつも拝見していましたよ」

「あの経験があったからですわ」

何やら親密な雰囲気に、遠慮をしながらみのりがおつまみにとスパイスで和えたカシューナッツを出した時だった。

「ねえ、みのりさん。前に、私がイギリスに留学していたって話、したことがあったでしょう？　ここに初めて来た時よ」

「はい。覚えています。それでインド料理が好きになって、モロッコにも行かれたんでしたよね」

「そうそう。その時！　四十代にして初めての海外留学よ。緊張したわ。でも、若いわけじゃないから、わざと堂々と振る舞ったりしてね、実際はかなり大変だったのよ。その時、現地で出会ったのがこの人だったの！　たまたま立ち寄ったパブでね、不思議と、同じ日本人はすぐに分かるのよ。あっと思ったら、千秋さんも声を掛けてくれてね」

「ちょうど出張中だったんです。実は、僕も普段はあまり行かない地区で歩き疲れて入ったパブだったので、少し心細かったんでしょうね。やっぱり、すぐにあっ、日本人だって、なぜか直感したんですよ」

「心細かったなんて嘘ばっかり。この人ね、イギリス文学の研究をしていて、何度も訪れているんだもの。言葉も流暢だし、めっぽう詳しかったわよ。おかげでずいぶん助けられたわ。現地の日本人のコミュニティも紹介してもらってね。あの時の私って、ちょっとヤケになって日本を飛び出しちゃった部分があったから、ホント身ひとつって感じで、頼るものがなかったのよねぇ。まぁ、そうやって途方に暮れるのも楽しいなんて思えたんだから、やっぱり若かったんだわねぇ」

「僕から見たら、異国でも堂々とした女流作家でしたけどね」

「またまた。当時四十代だった私が、十歳近く年下のあなたに頼りっぱなし。情けないったらないわ。あの時は、本当にありがとう」

いつしか、みのりもゆたかも二人の軽妙なやり取りに聞き入っていた。

「それにしても、すごい偶然ね。二十年も前にイギリスで会ったきり、まさかこんな所で再会するなんて！」

これには、当の二人だけでなく、みのりもゆたかも驚いていた。

「千秋さん、このお店にはよく来ていたの？　ここ、なかなかのインド料理出すでしょ。私もお気に入りなの」

「いえ。まだ二回目です。仕事がらみの会合というと、何かと神楽坂なんですよ。それで、路地の奥から漂ってくるスパイスのにおいが気になって……。さすがに会合を抜け出すわけにはいきませんから、一人の時に路地をさ迷ってここにたどり着いたというわけです」

「相変わらず、好奇心が旺盛《おうせい》なのね」

周子は楽しそうに笑う。

「二十年前、異国の街で、心を通わせた私たちは、今、日本でそれぞれの生き方をしているのねぇ。あの頃、一緒にいた人たち、今も連絡がつく?」

「ええ、まぁ、数名は」

「覚えている? メイコさんやナツキさん」

「二人とも今は日本で活躍されています。僕も仕事で時々ご一緒しますよ」

「ねぇ、今度、集まらない? 無理にとは言わないけれど、ちょっと昔を懐かしみたい人が集まる会よ。あの頃、ロンドンのインド料理店でワイワイ盛り上がったみたいに、今度はこの神楽坂の路地のお店で、インドカレーを食べましょうよ」

「それは楽しそうだな。となると、僕が幹事を引き受けなければなりませんね」

「ありがとう、助かるわ」

周子は再び、男性客の両手を握り、次にみのりとゆたかの顔を順番に見る。

「そういうことだから、その時はよろしくね」

「もちろんです。とっておきのインド料理、ご用意させていただきます」

ゆたかが言えば、みのりも横から「周子先生のためにも、胃腸に効くスパイスを効かせますね」とよけいなことを言い、横から肘《ひじ》で小突かれる。

「ふふ、あの頃なんて、体に何が効くなんて考えもしなかったけどね。ただ、美味しくて、みんなと過ごす時間が楽しくて、それがたまたまロンドンにいくつもあったインド料理店だったのよ。だから、今もこんなにインド料理が好きなのかもしれないわね。何というか、特別な料理なのよ」

周子がどこか遠くを見るようなまなざしで言う。

横の男性客は、周子の言葉を噛みしめるように聞いていた。

千秋と連絡先を交換した周子は、一足先に店を出た。

路地まで見送りに出たみのりに、「今夜は素敵な夜だったわ。やっぱりこの店は人を惹きつける何かがあるのかもしれないわね」などと笑う。

「先生、本当に二十年ぶりだったんですか？　なかなかあることじゃないですよね」

「そうね。なかなかないことよね。でも、今夜もね、千秋さんを見た瞬間、何だか他の人とは違って見えたの。ロンドンのパブで、『あっ、日本人がいる』って直感的に分かったのと同じようにね。不思議よねぇ」

「そういうの、ご縁って言うんじゃないですかぁ」

みのりがからかう。周子はずっと独身を貫いてきたのだ。

「バカね。千秋さん、あの頃から愛妻家で知られていたのよ。あの時、先に帰国した彼は、奥さんと生まれたばかりのお嬢さんに、それはそれはたくさんのお土産を買って帰ったのよ。ホント、羨ましいくらい」

「それは残念です。『スパイス・ボックス』で愛が芽生えるかと期待しました」

「私のことより、自分のことを心配しなさいな。あなたも、ゆたかさんもまだまだこれからなんだから」

周子にピシリと言われ、藪蛇《やぶへび》だったかとみのりは笑ってごまかした。

店内に戻ると、待ちかねたように、千秋からワインを注文された。

「ワイン、よろしいんですか？」

心なしか、これまでよりも表情が明るい。周子と同じように、思いがけない再会に興奮しているのかもしれない。

「今日は、ワインが飲めそうな気がするんですよ。いや、飲みたいんです」

初めて会った時から、穏やかで優しそうな男性だった。今もその表情に変わりはないが、知的な瞳《ひとみ》の奥が生き生きと輝いて見えた。

「やっぱり、周子さんは強引だな。メニューに載っていない料理を注文してくるのも納得ですよ」

「ええ。でも、あの強引さに、私たちずいぶんと助けられました。お客さんを連れて来て下さったり、エッセイに取り上げてくださったり」

「そうですね。確かに、僕も救われたのかもしれないな……。幹事か。これは頑張らないといけませんね」

千秋はインドの赤ワインが注がれたグラスをカウンターの上に掲げる。

ダウンライトに煌めくルビーのような深紅の液体をしばし見つめ、口元に寄せるとゆっくりと味わった。

第四話　勇気をくれるバインミー　パクチー増し増しレシピ

1

四月も後半となれば、早くも街にはゴールデン・ウィークを前に浮かれた空気が漂っていた。

『スパイス・ボックス』はランチタイムの営業を終えているが、今も半分ほどテーブルが埋まり、女性客の華やかな笑い声が溢《あふ》れている。

いずれも連休の計画を披露しあっているようで、耳に入る話題に、厨房《ちゅうぼう》でカップを洗っているみのりまで何やら楽しい気分になってしまう。

ガラガラと玄関の引き戸が開く音が聞こえ、「いらっしゃいませ」と顔を上げたみのりは、「なんだ、お姉ちゃんか」と反射的に浮かべた笑みをシュッと引っ込めた。

「なになに、そのあからさまな態度は！　お客さんじゃなくて悪かったわね。差し入れ、いらないの？」

頬《ほお》を膨らませながら厨房に入ってきたゆたかは、手にぶら下げていたレジ袋を調理台に置いた。

今日はランチタイムの後にすぐにティータイムの客がなだれ込んできた。

いつもならゆたかが賄いを作ってくれるのだが、お茶とお菓子の準備に忙しく、すっかりタイミングを逃してしまったのだ。そこで、気分転換とちょっとした休憩も兼ねて、ゆたかは食事の調達に出かけていたのである。

「ごめんなさい、お腹空《なかす》きました。ありがたくいただきます」

わざとらしく泣きつくみのりに、ゆたかは訊《たず》ねた。

「留守にしている間、大丈夫だった？　面倒な注文は入らなかった？」

「新しいお客さんが一組いらっしゃったけど、お飲み物だけの注文でした。コーヒーとハーブティー。だから、全然問題なし！」

みのりが胸を張る。

『スパイス・ボックス』のティータイムは、飲み物を注文すると、もれなく日替わりのサブレがついてくる。今日はバジルとチーズを練り込んだ塩味のサブレで、ワインにも合うとお土産に購入する客も多い人気の焼き菓子だ。

サブレを気に入った客がこの時間帯の常連となってくれる場合も多く、今日は何だろうと楽しみにしてくれるのは、店としても嬉《うれ》しいものだ。

「チャイのオーダーが入らなくてよかったわ。やっぱりチャイは私のほうが美味《おい》しく淹《い》れられると思うのよね」

「それはそうでしょう。だって、スパイスと茶葉とミルクをグツグツ煮るんだから、それってもうほとんど料理みたいなものじゃない。それより、何を買ってきたの？」

みのりはレジ袋の中身に興味津々だ。

「赤城《あかぎ》神社の裏のほうの住宅地の中に、サンドイッチ専門店を見つけたの。いろんな種類があって面白いから、気になるのをいくつか買ってきたわ。サンドイッチなら、お客さんがいても、ささっと食べられるでしょ？」

「へぇ、サンドイッチか。なんか、久しぶりかも……」

出版社で働いていた時は、コンビニのサンドイッチをよく食べた。

忙しくて睡眠も食事も、生活自体が不規則極まりない時期は特にサンドイッチを選んだ。

本当は甘い菓子パンや、塩けの効いた焼き鮭《じゃけ》のおにぎりが食べたいと思ったこともあったけれど、ゆで卵なり、野菜とハムなり、何かしら具材が挟まれたサンドイッチのほうが少しでもタンパク質やビタミンが摂《と》れると思ったからだ。

とはいえ、コンビニのサンドイッチではたかが知れている。

あの頃《ころ》は、栄養とか添加物とか、体にいい、悪いを考えるよりも、空腹を満たすことが重要だった。そうしないと、仕事が終わらないからだ。

　みのりは、ゆたかが買ってきたサンドイッチに興味がわいた。スパイスや食材の栄養を熟知し、体に優しい料理を作る姉は、いったいどんなサンドイッチを選んだのだろうか。

「中身、見てもいい？」

「もちろん。もうすぐお湯が沸くわ」

　ゆたかは自分たちのためのお茶の準備をしているようだった。

　袋の中身はどれも三角形に包装されたサンドイッチで、断面が上を向くように袋に入れられている。袋を覗《のぞ》いたみのりは思わず吹きだしてしまった。

「お姉ちゃん、相当お腹が空いていたんじゃない？」

「バレた？」

「だって、どれもガッツリ系だもん！」

　茶こしを使って紅茶をカップに注ぎながら、振り向いたゆたかが恥ずかしそうに笑った。ダージリンティーの奥深い香りが漂ってくる。

　袋の中のサンドイッチは四種類で、カツサンド、カボチャのコロッケサンド、タマゴサンドに、とどめはあんこと白玉を挟んだサンドイッチだった。ゆたかが選んだヘビー級のラインナップは、もともと具材の多さをウリにしている店らしく、どれも中身が食パンを押し上げるような分厚さだ。

「てっきり、ヘルシー系を選んだのかと思ったよ」

「そういうのもいいけどさ、お腹が空いている時はやっぱりこうじゃない？　みのりも嫌いじゃないでしょ？」

「もちろん大好き！」

「じゃあ、いただきましょうか」

二人は小声で「いただきます」と手を合わせると、テーブル席の客を気にしながら、皿に盛りつけたサンドイッチに手を伸ばしたのだった。


その夜の営業終了後のことだった。

店内の照明はカウンター上のダウンライトと厨房以外はすべて落とし、ぼんやりとした明かりの中で姉妹はいつものごとく閉店作業に集中していた。

ゴシゴシと力強い音をさせながら大鍋《おおなべ》を磨いていたゆたかは、カウンターで一日の売上を計算しているみのりに「ねぇ」と声を掛けた。

電卓をたたきながら、みのりは「なぁに？」と顔を上げずに返事をする。

「昼間のサンドイッチ、美味しかったわね」

「うん、美味しかった。カツサンドのカツも分厚くてソースの加減が絶妙だったし、カボチャコロッケは何かスパイス効いていたよね。ちょっと変わった感じで、なかなかよかった。タマゴサンドも粗く刻んだゆで卵のプリプリ感が最高だったなぁ。締めのあんこと白玉のも甘さ控えめで、小豆の粒感がよかったよね。あれ、小豆も自分のとこで煮ているのかな？」

「だとしたら、すごいわね。ちなみに、カボチャコロッケはナツメグが効いていたし、タマゴサンドはブラックペッパーと隠し味にディルも使っていた。それぞれの具材が本格的なのって、嬉しいわよね」

「いろんな種類があるんでしょ？　また買ってきてよ。しょっぱいのと甘いの、バランスよく」

　売上の計算を終え、みのりが大きく伸びをした。

「もちろん、また買いに行くつもり。参考のためにね」

「参考？」

　明日の釣銭の準備金を秘密の隠し場所にしまいながら、みのりは思わず訊《き》き返す。

「そう、参考。私もね、サンドイッチ、やってみようかなって思うの」

「サンドイッチ？」

　驚いて声を荒らげたみのりを宥《なだ》めるように、ゆたかはカウンターに座るように促す。

「サンドイッチと言っても、昼間のお店のものみたいな、食パンで具材を挟んでカットしたものとは違うわ」

ゆたかは厨房を出ると、作り付けの本棚から何冊か雑誌を取り出し、カウンターの上に広げた。

「ああ、なるほど。バインミー、ちょっと前に流行《はや》ったよね」

バインミーは、ベトナムのサンドイッチだ。もともとベトナム料理は野菜や香草をふんだんに使い、ヘルシーだと女性にも人気がある。バインミーはフランスパンにたっぷりの野菜と肉類をはさんだ、いわばバケットサンドである。

「米文化のベトナムがフランスパンを使うっていうのも、植民地だった頃の名残なんでしょうね。それよりも、ハーブや香草たっぷりのサンドイッチなんて、まさに『スパイス・ボックス』にぴったりだと思わない？　最近、女性客も多いし、テイクアウト需要も増やせるんじゃないかと思うの」

「いいけど、サンドイッチじゃフェアって感じではないよね」

「春はフレッシュな生野菜やハーブが美味しい季節じゃない？　ハーブ料理フェア第二弾って感じで行こうと思うの。もちろん、バインミーだけじゃなくて、ケバブを参考に、ロティでお肉を包んだ料理なんかも考えているんだけど。お肉をオーブンで焼いたハーブチキンや、ラムの香草焼き、羊肉のハンバーグのハンバーガーなんかにしたら、十分メイン料理にもなるでしょう？」

「確かに、美味しそうかも……」

みのりは雑誌の写真を眺めながら、ごくりと喉《のど》を鳴らす。先ほど、ゆたかが用意してくれた豆のカレーをかき込んだばかりだというのに。

やっぱり、自分は食べ物に目がない。だからこそ、食に特化した出版社に入ったのだろうし、たとえ満腹だろうと、美味しそうだと脳が感知すれば、ただちに別腹が出現する。きっと、それは姉も同じだろう。

「本当にお姉ちゃんには感心するよ。いったい、毎日仕事をこなしながら、どこで新しいアイディアを思いつくの？」

ただでさえ、今は鮫島周子のイギリス留学時代の友人、山中千秋が幹事を任された同窓会のメニュー作りを任されているのだ。インド料理のパーティーメニューということで、ゆたかはこの前の定休日は、師匠とも言うべき葛西《かさい》のインド料理店のアヤンさんのところに相談にも出向いている。

「前も言ったじゃない。いつも考えているんだってば。だって、誰《だれ》だって、今日のお昼は何を食べようとか、夕ご飯はどうしようって、毎日何かしら食べ物のことを考えているでしょ？　それと同じよ。美味しそうな物のことを考えるんだから、全然苦じゃないわ。ホント、ワクワクする」

いつも翌月のメニューに思い悩んでいるみのりの元カレ、リストランテのオーナーシェフに聞かせてやりたいセリフだ。いや、それだけではない。いったい、世の中の女性のどれだけが、毎食の家族の献立に頭を悩ませていることだろうか。

「お姉ちゃん、アンタはすごいよ。本当にお姉ちゃんがいてくれてよかった……」

みのりはつくづくゆたかに感心したのだった。


平日はお昼の十二時を過ぎると、立て続けに玄関の引き戸が開いて、にわかに『スパイス・ボックス』は忙しくなる。神楽坂散策の客だけでなく、近隣の会社も昼休みに入るからだ。

たいていこの路地に足を踏み入れる会社員は、とんかつか蕎麦《そば》、もしくはカレーや東南アジア料理と心に決めて来る者ばかりである。わき目もふらずせかせかと歩いてくるのは、どの店も個人店で、席数が限られているためだ。

会社員にとって、昼休みの一時間はあっという間である。

だから、迎える店のほうも一分たりとも無駄にはできない。ゆたかもみのりも、そのあたりは散々、路地の大先輩である『手打ち蕎麦　坂上』の大将に言い含められてきたので、特に混雑する一時過ぎまでの間は、ただ黙々と素早い料理提供を心掛けている。それも大切なサービスのうちなのだ。

十二時八分。週に三度、ほとんど遅れることなく訪れるいつもの女性が今日も入ってきて、「いいですか」とカウンターの左奥に席を取る。ランチタイムの常連、恩田真友《おんだまゆ》だ。

みのりがおしぼりを出す前に、カウンター越しに「鶏肉《とりにく》のフォー下さい」と注文をしたのは、『スパイス・ボックス』に行こうと決めた時には、すでにメニューまで決めていたからに違いない。

「パクチー、追加します？」

ゆたかの問いに、真友はおしぼりで手をふきながら、「山盛りでお願いします」ときっぱり応《こた》える。

彼女は東南アジア系の料理を好み、特にパクチーが大好きだ。料理が見えないくらい盛られた緑の葉を、いつもひたむきにワシワシと咀嚼《そしゃく》している。

どうして、みのりとゆたかが彼女の名前まで知っているかというと、最初は常連客の早《はや》川麗《かわうらら》が連れて来たからだ。

早川麗。みのりの元カレの現在の彼女である。

以前は二人揃《そろ》って来店していたが、麗は『スパイス・ボックス』がすっかり気に入り、今では勤務先の同僚や友人を連れて度々訪れるのである。もっとも麗は、みのりが自分の恋人の元カノとは知らない。

みのりから見ても麗は魅力的な女性であるし、和史との関係は順調なようで、わざわざよけいなことを言って波風を立てることもない。

銀座のフレンチレストランでソムリエとして働く麗の知人たちは、だいたい誰もが食通で、かつ社交性のある者がほとんどだったが、大学時代の友人だという恩田真友だけは雰囲気がまったく違っていた。

一般企業の営業職として働いていた彼女が、たまたま今年になって転職した職場が、偶然にも都営線の牛込神楽坂《うしごめかぐらざか》駅の近くだったという。

そこで麗が、真友の退勤時間に合わせて『スパイス・ボックス』に誘ったのがきっかけとなった。もともとアジア料理が好きだったのか、それ以来、真友はランチタイムに足しげく通う常連客となったのだ。

「麗、最近来ています？」

料理を待つ間、手持ち無沙汰《ぶさた》だったのか真友はみのりに訊ねた。

「先月の半ばからいらしていませんね。年度末から新年度の四月って、年末に次ぐ宴会シーズンで、飲食店はわりと忙しいんです。麗さんのお店は一流店ですから、連日会食の予約で忙しいのだと思いますよ」

「そっかぁ」

麗はみのりと同じ三十二歳。大学の同級生なら、おそらく真友も同じだろう。

これくらいの年になると、仕事もベテランの域で忙しく、友人たちともこまめに連絡を取ることはしなくなる。時々、思い出したように「元気？　たまには会おうか」と、スケジュールをすり合わせて、ちょっとオシャレな店を予約する。『スパイス・ボックス』を選んでくれたのは麗らしいが、きっと、麗と真友もそんな関係なのだろう。

「おまたせしました」

ゆたかがカウンター越しにフォーのどんぶりを差し出した。

見れば、いつも以上にパクチーがてんこ盛りである。しばらくパクチーを食べ続けないと、やすやすと麺《めん》にたどり着けそうもない。

「いつもありがとうございます」

きちんと手を合わせて「いただきます」と言うと、真友はさっそく緑の葉を口いっぱいに頬《ほお》張《ば》る。

「真友さんって、昔からそんなにパクチーが好きなんですか？　あ、もしかして肌がきれいなのはパクチー効果？」

満席になったテーブル席を回り、ゆたかに注文を通しながら、みのりは真友の食べっぷりに感心して、思わず訊ねてしまう。

パクチーの栄養価や効能については、以前ゆたかから学んでいた。消化を促すだけでなく、ベータカロチンやビタミンが豊富。かつ強い抗酸化作用があり、美容にもいいと言われている。

「肌？　きれいですか？　私としては、目の下のクマが悩みの種なんですけど。それに、色白なのはもともとで、母方の家系はみんなこうです。ちなみに兄と弟も。私、秋田出身なんですけど、秋田美人って、こういうことなんですかね？」

　取り付く島もない返答に、みのりは困惑する。

「そうでしたか。すみません、よけいなことを」

「いえ。ところで、これだけパクチーを食べたら、私ってやっぱりにおうんですかね？　私、パクチー臭いですか？」

　真友は箸《はし》を休めてじっとみのりを見つめた。フォーのどんぶりは、ようやく白い麺が顔を覗かせている。伸びてしまわないかと、みのりはそちらが気になった。

「えっと、どうでしょう」

　みのりはパクチーが好きでも嫌いでもない。特に好んで食べはしないが、料理に入っていれば、独特の香りや風味を爽快《そうかい》に感じる。嫌いならば敏感に香りに反応すると思うが、食べた本人がにおうかというと、さっぱり分からない。

「みのり、ガパオライスが上がったわ。運んできてちょうだい」

「あっ、はい！」

　料理を盛りつけながら、ゆたかはカウンターの会話を聞いていたようだ。

　みのりではらちが明かないと思ったのか、真友はゆたかを見上げている。

「たくさん食べても、ニンニクみたいに体臭としてパクチーの香りを感じることはないみたいですよ。ただ、手でつまんだり千切ったりすると、指ににおいが付いてしまいます。

ちなみに、香りがするのはフレッシュな若いものだけで、熱を通せば香りは和らぎますし、実を乾燥させたスパイスのコリアンダーは、粒でも粉でもほとんどこの香りはありません」

「へぇ、そうなんですか」

真友は心なしか不満そうである。

「どうしました？　会社に、パクチーが苦手な方でもいらっしゃるんですか？」

「いえ。違います。まぁ、もしかしたらいるかもしれないですけど。いっそ、私からパクチーのにおいがして、みんなが嫌がったら面白いなって思っただけです」

物騒なことを言うと、真友は緑の葉をかき分けて、ずるずるとフォーをすすった。

そのまま一息に麺を食べきると、ランチセットのマンゴージュースを一気に飲み干し、「ご馳走様《ちそうさま》です」と席を立つ。

十二時四十五分。これもいつも通りで、毎回、お釣りもなくぴったりと税込み千円をレジのトレイに置く。レシートも受け取らず、「じゃ、また」とみのりがレジにお金をしまっている間に、ガラガラと引き戸を開けて出て行ってしまう。

みのりは慌てて顔を上げ、「ありがとうございましたぁ！」と声を張り上げるのだが、すでに引き戸は閉まっている。

真友がいたカウンター席を素早く片付け、どんぶりを流しに置きながらみのりはため息をついた。

「真友さんって、ちょっと摑《つか》みどころがなくて苦手かも。何だろうねぇ、常連さんなのに、心を開いてくれないっていうか」

「ランチタイムのOLさんって、忙しいんじゃない？　夜や休みの日に、ゆっくり食事を楽しみに来るのとはわけが違うもの。ほら、麗さんと来た時は楽しそうだったじゃない。あれがきっかけで通ってくれるようになったわけだし。もしかしたら、忙しいお店のことを考えて、手がかからないようにしてくれているのかもしれないわよ」

　ゆたかは何事も肯定的である。

　確かに、真友の帰った後の席は、どんぶりのつゆもグラスの中身もすべて飲み干され、おしぼりも箸もきちんとあるべき場所にコンパクトにまとめられている。おかげで、トレイがなくてもさっと片付けることができるのだ。

「そうね、気配りは完璧《かんぺき》ね。同業者以外では珍しいくらい」

　自分も飲食店で働いていると、つい片付けやすいように考慮して、食器やごみをまとめてしまう。ついでに言えば、明らかに店が混み合っている時は、長居するのが申し訳なく、ついつい早めに席を立ってしまう。客として訪れているのに店に気を遣ってしまうのは、同じ飲食業で働く者の性だろう。

「う～ん、でもちょっと気になるお客さんだよね」

ゆたかが出来上がったフォーに仕上げのパクチーを載せ、みのりに運ぶように促した。すっかり真友が頼むてんこ盛りのパクチーを見慣れているせいか、通常のメニューではこんなものだったかと思うくらい、つつましく緑の葉が中央を飾っていた。


ランチタイムが終わると、最近では久しぶりに客が途切れた。

とはいえ、今日はいつになく忙しくて、店内に入りきらない客が外の路地にまで並んだ。これも気候がよくなったおかげで、真冬や真夏ならば、席が埋まっていればせっかく来てくれても諦《あきら》めて帰ってしまう。こうなれば、やはり真友のようにサッと食べて、おまけに食器をまとめてくれる客はありがたい。

みのりは流しに溢れかえった皿やどんぶりを黙々と洗い、それを隣にいるゆたかが次々と布巾《ふきん》で拭《ふ》き上げる。二人ともただ片付けだけに集中していた。

というのも、この作業をさっさと終わらせたいからである。

今日はこれから、サンドイッチメニューの試作をする予定なのだ。できれば、ティータイムの客が入って来ないうちに、集中してある程度のメニューを作ってしまいたい。

調理台の端には、ランチタイムの残りのパクチーがザルに山盛りになっている。その横には、今朝、仕込みの合間に抜けだして買ってきた短めのバゲット。

ここ数日の間に仕込んだバインミー用のなます、下味をつけて冷蔵庫に寝かせてあったサンドのメインとなる肉類も、バットに載せて常温に戻されている。客の注文の合間をみながら、ゆたかは試作の準備を進めていたのだ。

サンドイッチをメインとするハーブ料理フェア第二弾は四月の末からを予定している。

通常は、月が改まると同時に新たなメニューを展開していたのだが、大型連休にそのままぶつけたほうがインパクトもあるし、仕入れだけでなく、みのりやゆたかの仕事の段取りにも都合がいいと思ったからだ。

ゆたかは、いったいどんな『スパイス・ボックス』流サンドを作るのだろう。

みのりは期待に胸を高鳴らせる。そのとたん、キュルキュルとお腹が鳴り、ゆたかが盛大な笑い声を上げた。

2

恩田真友は、昼時の路地を足早に歩いていた。

先ほど食べたフォーが胃の中で揺れている。お腹の辺りの心地よい温かさに陶然としたのもつかの間、午後の仕事のことを思うと、すうっと体の熱が引いていく。午後六時の定時まで、あと五時間。また針の筵《むしろ》のようなつらい時間が待っている。

神楽坂上の交差点を右に曲がる。逆に曲がれば地下鉄牛込神楽坂の駅の入口がある。このまま地下に下りて、電車に乗ってしまえたらどんなにいいだろう。

でも、そんなことができるはずもない。真友はぐっと唇を嚙《か》みしめ、反対方向へ足を動かす。

大きくもないビルの三階に入った小さなオフィス。ここで働く事務員はわずか十人だ。しかし、こぢんまりした会社だからアットホームとは限らない。それを、真友は入社してわずか一週間で思い知ることになった。

オフィスは小さいが、埼玉の郊外に大きな倉庫と配送センターを抱えていて、そこから大量のシニア向け婦人服を日本中の高齢女性の住まいに届けている。

きっと、物流倉庫はこの何百倍も広くて、多くの人が働いていて、ここよりもずっとのびのび仕事ができるに違いない。倉庫を訪れたことはないけれど、一日に最低十回ほど、真友はそんなことを考える。

本社の所在地は東京都新宿区神楽坂。場所は悪くない。でも、今となれば体裁ばかり取り繕いやがってと思うだけだ。いっそ本社も埼玉の郊外なら、自分はこんな会社を選びはしなかった。

昼休み終了の五分前、真友は自分のデスクに戻った。

手前の会議室のテーブルで、それぞれの昼食を広げて盛り上がっていた先輩社員たちが一瞬会話を止め、じろりと真友を見る。わざとらしい毎回の行為を終えると、再びきゃあきゃあと会話が始まる。たとえ甲高い声を上げていても、そこにいるのは真友よりもずっと年上の女性ばかりだ。

全員が勤続年数十五年以上という彼女たちにとって、ここは仲良しの同僚が揃った快適な職場に違いない。

最悪なことに、いつもどぎつい化粧をした五十代の専務までがその仲間に加わっている。そのせいか、真友に対する厳しい態度とは正反対に、オフィスの空気は緩み切っていて、彼女たちが自分のデスクに戻るのは、いつも休憩時間を五分はオーバーしてからだ。

最初の一週間は、真友もその中にいた。

昼食を持参してこなかった真友に、「安くて美味しいお弁当屋さんがあるのよ」と親切に案内してくれたり、具の多さが有名なサンドイッチ店を教えてくれたりもした。彼女たちの中でも、弁当持参派と外に買いに行く派があるようだった。

会議室では真友を囲むように先輩たちが昼食を広げ、どこに住んでいるの？　彼氏はいるの？　そのバッグ、どこで買ったの？　どんなドラマ見ている？　美味しいお店知っている？　と次々に質問が繰り出された。

まるで尋問のような口調は、仲間として歓迎しているというよりも、若者の生態に興味津々といった態度があからさまで、真友は次第に応えることが面倒になっていった。

そもそも、平凡でどちらかというと地味な自分が、彼女たちを満足させる答えを返せるとも思えなかった。

さらに驚いたのは、四十歳を軽く超える彼女たちが、全員ネイルケアに力を入れていることだ。制服もない会社なのに、むしろ爪《つめ》を飾れという社内規定があるのではと思うほどである。競い合うように、爪をけばけばしく飾り立てる彼女たちに囲まれ、「若いのにどうして爪のオシャレをしないのよ」と詰め寄られた時には恐怖心さえ抱いた。

しかし、わずか一週間で、彼女たちは真友に飽きたようだった。

まるで空気のように、まったく関心を示さなくなったのだ。

真友が教えられた仕事は、顧客からの注文のデータを在庫確認などの処理をしてから、埼玉の物流倉庫に送るというものだった。彼女たちに言わせれば、もっとも単純な作業だということだが、前職が営業職だった真友にとっては、しばらくは要領を得ず、作業をなかなか進めることができなかった。

先輩たちは仕事に関してはベテラン揃いで、休憩時間が終われば、全員無言でパソコンに向かい、長い爪でひたすらキーボードを叩《たた》いている。よくそんな爪でキーボードが叩けるなと感心するほど、カタカタ、カタカタと軽快な音がオフィスに響き続ける。

でも、知っているのだ。

仕事に集中しているように見えても、実際はパソコン上で、メッセージのやり取りをしている。真友についてミスが多いとか、与えた仕事がまだ終わっていないとか、そんな陰口を澄ました顔でやりとりしているのだ。

それに気づいた時から、真友はこの職場に嫌気がさした。

陰湿である。これだけ至近距離にいながら、オンラインで交わされる自分への陰口。

その上、真友の教育係に任じられた先輩は、隣の席にいるにも拘《かか》わらず、仕事の指示までメールで送ってくる。

これには驚いた。どうして直接口頭で伝えないのか。仕事中は会話禁止という社内規定でもあっただろうか。いや、そんなはずはない。はっきり口で伝えろよと、そのたびに真友のストレスは嵩《かさ》を増していく。

前職で配属された営業部は、自分には向かないと常々思っていた。

真友は人と接することが得意ではない。そのせいか、社交性に乏しい性格をすぐに見抜かれ、最初から相手にされないこともしばしばだった。外回りを一緒に担当した先輩社員が、無口な真友を勝手におとなしい女だと思い込んで、馴《な》れ馴《な》れしく体を触ってくるのにも耐えられなかった。

あまり、人と関《かか》わらない仕事がいい。そう思って、転職を決意した。

飯田橋のハローワークと東京しごとセンターに通うこと数か月。

想像したよりも、転職活動はずっと過酷だった。新入社員の採用とは違い、自分のスキルそのものを厳しく評価されてしまう。

営業部で十年近く働いた真友がその間に取得した資格は何ひとつなく、会社が変われば、これまで培った前職での商品知識などまったく役にも立たない。あれだけ大変な思いをして、働いてきた自分の十年間はいったい何だったのだろうと茫然とした。

履歴書と職務経歴書を書くたびにそれを突き付けられ、ハローワークの担当者にも、せめて経理部や総務部なら、どこでも通用する知識が身に付いたんですけどねぇなどとため息をつかれる始末だ。

そんな時、幸運にも面接に通ったのがこの会社だった。

それなりにパソコンも使えれば、何とかなると思った。

何よりも、転職活動に倦《う》み疲れ、もうどこでもいいような気持ちになっていた。

確かに高度なパソコン技術など必要とされなかったが、ここでは何よりも作業スピードが要求された。大量の注文をさばき、確実に顧客のもとに商品を届けなくてはならない。そのためのソフトを使いこなし、ひたすら注文データを処理するのが、真友の仕事だった。

真友は、最初から躓《つまず》いた。

これまで、営業に必要な資料を作ったり、データを集計したりということはしてきたが、初めて使うソフトにそんな知識はまったく役に立たなかった。単純な作業なのだが、慎重な真友は慣れるまでに時間がかかるのだ。

そんな真友に、熟練の先輩たちは容赦がなかった。

遅いとなじられ、不明点を質問すれば無視される。

仕方なく作業を続ければ、違うとやり直しを要求される。

すぐに会議室での昼食の輪からは弾《はじ》き出され、昼休みになると、真友は自分のデスクで、毎朝コンビニで買ってくるパンをかじった。しかし、それすらも見咎《みとが》められ、「パンばかり食べているから、集中力が続かず、仕事が遅いのよ」となじられた。

そんな道理があるかと思ったが、言い返すのも面倒なので、次の日からは外に出て昼食を済ませることにした。今度は、「毎日外食なんて、独身は気楽でいいわね」などと言われているのも知っていたが、息詰まるようなオフィスの空気から解放される清々《すがすが》しさは、何物にも代えがたかった。

完全に目の敵にされていて、こうなればもう八方ふさがりだ。

同じオフィスには社長もいるのだが、完全に女専務の尻《しり》に敷かれている。

面接の時には、人当たりのよさそうな社長の人柄に安心したのだが、つまりは何事にも波風を立てない事なかれ主義ということで、彼にとってはつつがなく注文が処理され、顧客に商品が届けられれば、たとえどれだけ社内が荒れていようと、構わないのだった。

いや、別に荒れているわけではない。真友がここでは異分子なのだった。

真友の採用の窓口となってくれた総務部の男性社員も、あれ以来、いっさい真友に関わろうとしない。変にかばいだてすれば、自分にとばっちりがくると思っているのだろう。もっと吟味すべきだった。

真友はパソコン画面を見つめたまま、心の中でため息をつく。

転職活動中は本当に苦しかったのだ。

本心では、すでにこの会社を辞めたくて仕方がない。

しかし、またあの転職活動を経験するかと思うと、それもまたしんどい。

迷いもあった。いい年をして、子供みたいに嫌なことをすぐに投げ出していては、けっきょく何も残らないのではないかと。

それに、現実問題として、仕事を辞めれば収入が途絶える。

自己都合の退職では、失業保険が支給されるまでにも時間がかかり過ぎる。

いっそ、秋田に帰ろうかとも思ったが、東京ですら仕事が見つからないのに、地方で果たしてうまくいくのか。その上、この状態で帰郷すれば、まさに都落ちのようでみっともない。親は喜ぶかもしれないが、これは真友自身の気持ちの問題だった。

まさに八方ふさがりだ。

転職して一か月ほど経《た》った時のことだったろうか。ふと、誰かに会いたくなった。

それまで真友は、前の会社を辞めたことも、転職をしたことも、親以外の誰にも話していなかった。

ふと、誰か、気の許せる同世代の相手に話したくなったのだ。

ぱっと頭に思い浮かんだのが、大学時代にもっとも親しかった友人、早川麗だった。

相談しようと思ったわけではない。いじめられていることを話すつもりもない。

ただ、転職ということについて、同世代の友人がどんな反応を示すのか知りたかった。

何よりも、この状況にうんざりしていて、気晴らしがしたかったのだ。

天真爛漫《てんしんらんまん》な麗ならば、その相手にはもってこいだ。

学生時代はほとんど毎日一緒にいたというのに、最近では会うのは半年に一度程度になっていた。それに、今や麗は高級なフレンチレストランで、雑誌のインタビューを受けるほどに有名なソムリエになっている。忙しいだろうと、誘うのも憚《はばか》られたのも事実である。

久しぶりに麗に連絡し、転職して、新しい職場は神楽坂だということを伝えた。

返ってきたメッセージにはこうあった。

『転職おめでとう。神楽坂にいいお店を知っています。真友の仕事帰りに、待ち合わせしましょう』

それが、今年の春先のことだった。

久しぶりに会った麗は、相変わらず周りまで楽しくするような雰囲気を発散していた。

どうやら新しい恋人ができたようで、それもまた彼女が輝いて見える理由のひとつのようだ。真友が仕事帰りなのに対し、休日だったという麗はざっくりとした春物のニットにジーンズというシンプルなスタイルで、昔から飾らない子だったなぁと、真友は懐かしさがこみ上げた。

「ここね、煮込み系のお料理が美味しいのよ」と、タジンという不思議な形の鍋を使った料理を席に着くやいなや注文した。

店のスタッフとも顔なじみらしく、気軽に料理を注文しては、ジャバジャバとワインを飲む。ソムリエのくせに、そんな飲み方をしていいのと訊ねれば、「だって、ここのお料理が美味しいんだもん。美味しいお料理とワインで、体をタップンタップンにしたいのよ」と楽しそうに笑う。本当にワインも料理も好きなのだ。そして、彼女は、それを仕事にしている。そう思った時、真友は頭の中でその考えを打ち消した。

今夜は、好きなものを食べて、楽しく過ごそう。仕事のことは忘れよう。

そうでなければ、自分のふがいなさを棚に上げて、この大切な友人を妬《ねた》んでしまいそうで怖かった。

真友はアジアのビールを頼み、大好きなタイ料理やベトナム料理を次々に注文した。

お互いに好き勝手に注文し、どちらの料理も構わずに食べる。色々な味わいに真友は感激し、こんな店があるのかと嬉しくなった。最後は、麗と一緒になってワインを飲んだ。

ふと、ワイングラスに添えられた麗の指が目に留まった。

当然ながら、レストランで働く麗の爪は短く切り揃えられている。

清潔感あるその指先を素直に美しいと思い、しばらく目が離せなかった。

「どうしたの？」

「何でもない」

真友は首を振った。

揃って爪を飾り立てる、職場の先輩たちそのものに嫌悪感がこみ上げた。

その夜は、麗と別れるのがとてもつらかった。

別れてしまえば、また一気に現実に戻る。またあの職場で常に全身を緊張に固くしながら、パソコンに向かうのかと思うと眩暈《めまい》がしそうだった。

「久しぶりに会えて楽しかった！　真友から誘ってくれるなんて初めてじゃない？　ここ、本当にいいお店なの。会社からも近いなら、ちょくちょく来るといいよ。元気になるから」

別れ際、麗がしつこく念を押したのは、何かを感じ取ったからかもしれない。

現に、今の真友にとって『スパイス・ボックス』は、なくてはならない店になっている。

昼休みのほんのつかの間、ここで美味しいランチを食べ、姉妹と交わすわずかな会話が、何よりも救いになっている。ここは、まるでシェルターのようだ。

ここ最近、真友は無関心を決め込んでいる。

相変わらず周囲の視線は厳しく、黙々とパソコンに向かい、仕事に打ち込んでいるようでも、何かにつけ真友の陰口が飛び交っているのも知っている。時々、隣のひときわネイルが派手なババアが、クスッと笑って、わざとらしく真友を見るからだ。

真友は試練に耐えるようにひたすら与えられた仕事をこなし、作業が終われば、わざと大きな声で隣のババアに報告した。

休憩時間と電話対応以外はしんとしたオフィスに、真友の声が響く。みんながうんざりしたように真友を見る。やはり、自分は異分子なのだとますます実感する。

相手は隣にいるのだ。声を出せば、ほんの一瞬で報告は終わるし、周りの者にも進行状況を伝えることができる。そのはずなのに、自分に突き刺さる視線が痛い。

いったい、どんな人なら、このオフィスに受け入れられるのだろうと思う。

作業スピードの速さ。彼女たちに取り入るしたたかさ。

しかし、そのためにネイルサロンに駆け込むなど、死んでもやりたくない。

やはり転職活動から逃れるため、妥協してしまったのがいけなかったのだ。

採用の連絡を受けた時、ようやく救われると、飛び上がって喜んだ。

これでもう安心だと、心の底から安堵《あんど》した。

そんな数か月前の自分の愚かさを思うと涙が出そうになる。

作業の傍ら、チラリと画面の右下に表示された時刻を確認した。昼休みだ。

真友は財布とスマホを手に席を立った。

こういう時だけ素早いのよね、と隣のババアの視線が語っている。

そ知らぬふりで、わざと「外出してきます」と声に出し、入口へと向かった。

毘沙門天を目指し、路地への角を曲がる。

昼時の神楽坂通りは、いつもよりも賑わっている気がした。スーツ姿のサラリーマンが目立つ。天気もよく、昼食を外でという気持ちはわかるが、それにしてもやけに多い。

そこではっとした。今日は四月二十五日。多くの会社の給料日だ。

おまけに、ゴールデン・ウィーク目前とあって、早くも浮かれた会社員が多いのだ。

手前のとんかつ屋と蕎麦屋は外まで客が並んでいて、嫌な予感がした。

自然と足が速くなり、すぐ先の古民家を目指す。

路地に沿った横長の建物の前に客の姿はなく、ホッとしたのもつかの間、引き戸を開けた瞬間、絶望的な気分になった。

店内はすでに満席だった。入口の横には、姉妹が気を利かせたのか、丸い椅子《いす》が置かれていて、そこにはすでに三人の客が待っていた。冬場は入口に石油ストーブが置かれていたと前に麗が言っていたとおり、玄関からレジにかけてが広いのは、もともとの古民家が広い土間を有していたからだろう。

「いらっしゃいませ。ごめんなさい、ちょっとお待たせしちゃうんですけど……」

接客係をしている妹のほうが、すぐに気づいて声を掛けてくれた。四番目に案内されるのでは時間が気がかりだ。おまけに、せっかくの料理を急いでかきこむのももったいない。

「……今日はテイクアウトにします。ガパオ！　ガパオライス、お願いします！」

店内の喧騒《けんそう》に負けないよう、真友は大声で注文した。

先にレジで会計をすませ、ひとつだけ空いていた丸椅子に座ってガパオライスが仕上がるのを待つ。真友の後から入ってきた客は、どうやら最初からテイクアウトが目的だったらしく、チキンカレーとロティを注文していた。

「ごめんなさいね、いつもはカウンターのひとつくらい空いているのに」

「いいえ。商売繁盛、何よりです」

真友はレジ袋を受け取り、「また来ます」と店を出た。

心の中は残念な気持ちでいっぱいだった。

途中の自動販売機でお茶を買い、仕方なくオフィスのあるビルを目指す。

自分の席で食べるのも気が重いが、公園のベンチも混んでいるだろうし、時間も十分にあるとはいえなかった。

先ほどまでは空腹だったはずが、今はズシリと胃の辺りが重い。

オフィスに戻ると、会議室から聞こえていた笑い声がピタリと止んだ。

いつもよりもずっと早く戻った真友に、遠慮なくけげんな視線を投げかける。

真友は開け放たれた会議室の前を通過し、自分の席に着くと、さっそく袋から弁当の容器を取り出した。

「あ」

危うく落としそうになったのは、小袋に入ったサブレだった。どうやらサービスで入れてくれたらしい。姉妹の気遣いに、わずかに心がほぐれた。

ぱかりと弁当箱の蓋《ふた》を開けると、押し込められていた熱とともに、ナンプラーとバジルの芳香が溢れ出た。

真友が『スパイス・ボックス』にハマった理由のひとつは、スパイスやハーブを遠慮なくたっぷりと使っていることだ。女性好みにと、香りや刺激を抑えたマイルド系のアジア料理があちこちにある中、『スパイス・ボックス』の料理はまさに「攻め」の料理だ。物によってはニンニクも容赦なく効かせ、それを優しい顔の女性シェフが調理しているのだから驚いてしまう。

「うまっ」

思わず声が出てしまった。

程よく噛み応えを残した鶏肉は、挽肉ではなく、シェフが自ら鶏肉を細かく刻んでいるに違いない。ナンプラーとオイスターソースの濃いめの味付けが、若干冷めたご飯にもほどよく染みて飽きがこない。バジルの爽《さわ》やかな風味も爽快で、舌先にはニンニクの辛味がわずかに残る。

　そういえば、『スパイス・ボックス』のガパオライスは初めてだった。麺類が好きだから、ついついフォーやパッタイを注文してしまう。さすがにテイクアウトでは伸びてしまうだろうと思い、ガパオライスを選んだのだが、大正解だった。

「何よ、このにおい。恩田さん、あなた、いったい何を食べたの？」

「ガパオライスです」

「ガパオ？　ガパオって何？」

「タイ料理ですけど」

「会社であまり妙な物を食べないでもらえる？」

「前にパンを食べていたら、そのせいで仕事が遅いっておっしゃったじゃないですか。だからライスにしてみたんです」

「屁理屈言っていないで、食べ終わったら、さっさとその弁当箱、始末してきてよ。あ、オフィスのごみ箱はダメよ、外階段のごみ箱に捨ててきなさい」

　力強い味を食べたせいか、思わず言い返してしまった。いっそう風当たりは強くなりそうだが、何だかスッキリした気分になっている。

　真友は言われた通りにオフィスを出て、外階段の大きなごみ箱に空になった弁当箱を捨てに行った。通常なら、自分のデスクの下のごみ箱に捨て、帰宅する時、外階段までごみ箱を空けに行くことになっている。

最近では、オフィス中のごみを回収して、まとめて捨てに行くのがすっかり真友の役目になっていた。外階段の大きなごみ箱の中身は、ビル清掃のスタッフが翌朝回収してくれるのだ。

重い扉を開け、非常階段にもなっている外階段に出る。

隣のビルとの隙間《すきま》はわずかで、外と言っても風景が見えるわけではないが、ふわりと生暖かい風に頬を撫《な》でられ、思わず深呼吸をした。

さっきのババアの顔が頭に浮かび、プッと吹き出す。

きっと、ナンプラーなんて彼女の食生活には馴染《なじ》みがないのだろう。

ガパオと言った時の、キョトンと見開いた目のゆがんだアイラインを思い出し、真友は笑いがこみ上げた。どんなに気取っていても、すっかり瞼《まぶた》はたるんでいるのだ。

なんだか、すっきりした気持ちだった。

面白い。

これからも、彼女たちが知らない料理をオフィスで食べて、嗅《か》ぎ慣れないにおいをプンプンさせたら、どうなるだろうか。

真友は、すっかりヤケクソになっている自分を感じた。

でも、このままでいるのはあまりにも悔しい。

確かに物覚えは悪かったかもしれないけれど、中途採用だからこそ、早く会社の役に立ちたいと頑張ってきたではないか。これは完全にいじめだ。大の大人が、何人もよってたかって、真友を使ってちょっとした鬱憤《うっぷん》を晴らしているに過ぎない。

家庭や家族間での細々とした問題や不満。でも、それはどうこうできるものではなく、彼女たちが、その家の妻であり、母である限り、一生抱えていかなければならないものに違いない。

そして、確実に老いていく自分への焦り。そこに女同士の見栄《みえ》やプライドも重なって、競い合うように爪を飾り、どこのサロンがよいだのと知識を披露し合っている。

どんなに見てくれを飾ったとしても、きっと行きつく先は、この会社で扱っている、締め付けがなく、ゆったりと体のラインをごまかし、いつも温かな婦人服を選ぶようになる。

いや、もうすでに愛用している人もいるかもしれない。

ふと思った。

自分は彼女たちよりまだまだ若い。

三十二という年齢は、けっして若くはないし、途中入社でも新人として優しく扱われる年ではないこともよくわかっている。

けれど、ここにいるババアたちに比べれば、やり直せるだけの若さがある。

ならば、こんな思いまでして続ける必要があるのか。

入ったばかりの会社に、まったく未練はない。そもそも、こんな扱いを受け、愛着などわくはずがない。いつでも辞められるのだ。慰留されることもないだろう。

ここしかない彼女たちに比べて、自分はなんと自由なのだろうか。

そう思うと、気持ちが軽くなった。

何も縮こまっている必要はない。

真友は何度も大きく深呼吸した。

ごみ捨てには長すぎる時間を外階段で過ごし、ゆっくりとデスクに戻ると、いつものように割り振られた仕事に集中した。

顧客のデータを目で追いながら、明日はカオマンガイでもテイクアウトしようかと考える。店で食べる時のように、パクチーもたっぷり添えてもらおう。

オフィスに、においは残るだろうか。

真友は何だか楽しい気分になっていた。


連休明けの五月六日、出勤したオフィスは浮かれた雰囲気に包まれていた。

先輩社員たちは、それぞれ子供を連れての帰省だの、せがまれてユニバーサル・スタジオ・ジャパンに行ってきただの、つまりは土産と自慢話の品評会になっている。

真友の会社が運営する通販サイト『のびやか生き生き生活館』は、土日祝日の商品発送を行っていない。

便利な通信販売での買い物が当たり前、さらにはスピード感まで要求される昨今ではありえないと真友は思ったが、顧客層が高齢者であれば、さして求めた商品に急を要することもないのだろう。むしろ、のんびりと商品の到着を待つのも楽しみのうちと感じてくれているらしい。

しかし、商品発送が停止されていても、注文は随時受け付けていたわけで、毎週月曜日は週末の間に溜《た》まった注文をさばくのにてんてこ舞いとなる。大型連休明けの今日はその何倍の忙しさだろうかと、昨夜から真友は気が重かった。

せめて昼休みに、『スパイス・ボックス』に行こうと、それだけを楽しみに出勤してきたのである。

それが、朝からこの盛り上がりだ。ベテラン揃いなのだから、連休明けの忙しさは熟知しているだろうに、始業開始の時間になっても土産の菓子をボリボリとやっている。

「恩田さんは連休、どこに行ったの？」

まさか家にいたわけではないわよね？という調子で、いきなり隣から話しかけられ、真友はパソコンの画面に目を向けたまま、「どこも行っていません」と答えた。取り込んだ新規購入者のデータが、いつまでも、いつまでも流れ込んでくる。

「まぁ！」と大げさに驚いたババアは、わざとらしく片手で自分の肩を揉《も》んだ。

「私たち、みんな家族サービスでくたくたなの。本当に独身って気楽で羨《うらや》ましいわぁ」

肩に食い込んだ爪は、連休中にサロンに行ったらしく、ラメがキラキラと輝いていた。

ある程度、仕事を押し付けられることは覚悟していた。

けれど、どうしても不満がこみ上げる。

真友よりもずっと仕事が速い彼女たちが、もっと早く仕事に取り掛かってくれれば。

いつもきっちり定時で上がってしまう彼女たちが、今日だけは少しでも残ってくれれば。

危うく声が出そうになるのを、真友はかろうじて飲み込んだ。

ただ、ひたすらキーボードをたたき続ける。

十二時になると同時に、真友は席を立った。

どうせ残業になるのだ。ここで少しばかり昼休みを削るよりは、しっかりと休んでおきたい。

デスクの下に置いたバッグから財布とスマホを取り出していると、隣の席から「まさか、今日も外出するつもり？」と、非難がましい言葉が飛んできた。あまりの注文件数の多さに、さすがに彼女も焦っていたのだろう。

「休憩時間です。それに私、今日が久しぶりの外出ですから」

わざとらしく言ってやった。

外に出た真友は、一週間ぶりの神楽坂の空気を思いっ切り吸い込んだ。

連休明けのせいか、散策する人は心なしか少なく思える。とんかつ屋と蕎麦屋を通り過ぎ、目指す古民家の玄関を開くと、今日はテーブル席の半分も埋まっていなかった。

「いらっしゃいませ!」

明るく澄んだ声が迎えてくれ、そうだ、この声が聞きたかったのだと思わず涙が浮かびそうになった。誰も座っていないカウンターにまっしぐらに進み、「鶏肉のフォー、パクチーてんこ盛りで!」と注文した。

「食べたくて、仕方がなかったって顔していますね」

「連休明けですからね。これまでだって、会社というより、ここのランチのために毎日神楽坂まで通っていたようなものですもん。ところで、やっぱりゴールデン・ウィークは忙しかったんでしょう?」

真友が訊ねると、店員は何度も頷《うなず》いた。

「ティータイムの時間もお客さんが途切れないのには驚きましたね。あと、常連様のちょっとしたパーティーの予約が入っていて、こちらは神経使いました。なんでも、イギリス留学中に知り合った方々だそうで、インド料理にとにかくお詳しいんですよ」

「イギリスって、インド料理店が多いらしいですもんね」

「そうです、そうです! それに、普段から美味しい物を食べ歩いているような方々ばかりなので、とにかくヒヤヒヤし通しで。でも、終わってみれば楽しかったですね。気に入っていただけたようで、安心しました」

心から安堵したように語る店員の笑顔が眩《まぶ》しい。

本当にこの仕事が好きなんだなぁと真友は羨ましくてたまらなかった。

「そういえば、連休前にテイクアウトしたカオマンガイ、どうでした？」

今日は余裕があるようで、厨房からはシェフも顔を出してきた。

「すっごく美味しかったです。チキンもやわらかいし、鶏のお出汁《だし》の染みたジャスミンライスも最高。特製タレの辛さもちょうどよかったです」

そう。ガパオライスの翌日、真友はタイのチキンライスをテイクアウトした。前の日の先輩社員の反応が面白かったからということもある。

シェフお手製の甘辛ダレはニンニクとショウガが効いていて、茹《ゆ》で鶏からはパクチーとナンプラーの香りが漂っていた。おまけに、別の容器でたっぷりとパクチーもサービスしてくれていたのだ。

真友は千切ったパクチーをチキンライスの上に載せるだけでなく、それ自体もワシワシと食べた。二日にわたって、嗅ぎ慣れないにおいの料理を食べる真友に、会議室でそれぞれの昼食を広げる先輩たちは一様に白い目を向けていた。

午後の仕事が始まった時、隣から「今日は何を食べていたのよ」と聞かれ、「カオマンガイです」と答えたが、相手がそれを理解したとも思えなかった。すぐにカタカタとキーを打つ音が聞こえたのは、もしかして検索をしていたのかもしれない。

何だ、興味あるんじゃん、と、真友はおかしくなった。

ふと清々しいにおいが鼻をかすめ、一瞬、気持ちがすっきりとした。指先に千切ったパクチーの香りが染みついていたのだ。

「ここのお料理って、本当に効きますよね。食べると、何だか守られているって気持ちになりますもん」

「守られている？」

不思議そうに小首を傾《かし》げたシェフに、真友はしまったと思った。しかし、すぐに腹を括《くく》った。毎回ランチタイムになると一人で訪れる真友に、何かしら感じていることもあるだろうと思ったのだ。

「実は、うちの会社、お局様みたいな先輩ばっかりで、ものすごく居心地が悪いんです」

「あら」

笑うかと思ったが、シェフも、妹のほうも神妙な顔をした。

その顔に、真友も安心して話を続ける勇気が湧《わ》いた。

「年下の新人って、可愛《かわい》がってもらえる場合と、最初から見下されて受け入れてもらえない場合がありますからね」

前職は飯田橋で会社員をしていたという妹のほうが頷いた。シェフのほうは、人間関係の複雑さとは縁のないような穏やかな顔つきだが、それでも人の心の機微はよくわかっていそうだ。そうでなくては、あんな料理を作ることはできないだろう。

「まぁ、私も可愛げがない性格ですからね。縮こまっているのは悔しいので、地道に反撃しています」

「それが、テイクアウトのお弁当ですか」

「私には、アジア料理の食べ歩きくらいしか趣味がありませんから。昼時にここで気分転換するのが唯一の楽しみでしたけど、あの人たち、流行には敏感なようでさっぱりアジア料理のことは知らないんです。だから、こんな料理も知らないの？　って感じで、オフィスでパクチーやらナンプラーのにおいをプンプンさせているわけです」

　姉妹が吹き出した。

「アジア料理に、においはつきものですものね。それで、最初の頃は私たちも頭を悩ませましたよ。ご近所さんにも気を遣いますしね。今ではすっかりにおいが看板代わりみたいになっていますけど」

「香害なんて言葉もあるくらいですし、苦手な人にとってはたまらないってこともわかっているんですけどね、でも、こっちも相応の嫌な思いはしているわけですから。それに、あの人たち、食い意地が張っていますから、興味津々なのは間違いありません」

「何だか、たくましいですねぇ、真友さん。やっぱり、麗さんが連れて来たお友達だけあります」

「そんな。麗には敵《かな》いませんよ」

麗は真友にとって憧れの友人だ。面倒見がよく、そのくせのんびりとしてどこか抜けている。だから、こちらも気負うことなく接することができる。

「そうだ、実は四月の末から新しいフェアを始めたんです。ハーブやスパイスを使ったサンドイッチのメニューですから、テイクアウトにももってこいですよ。今度、ぜひいかがですか？」

妹のほうが思い出したようにパンと手を打って説明をした。すぐに手書きのメニューも渡され、真友は上から目を走らせる。

「あっ、バインミー！」

「ご存じですか」

「大好きです。専門店にも何度も買いに行っています」

「じゃあ、ぜひ食べていただきたいです。具は二種類あって、豚レバーとハム、サバの香草パン粉焼きです。どちらも、なますとパクチーたっぷりで、ヘルシーですよ。あ、ウチのシェフ、もとはイタリアンのシェフなので、レバーパテも、香草焼きも実は得意ジャンルなんです」

「ますます美味しそう！　じゃあ、さっそく、今日、レバーのほうをテイクアウトします！　パクチー、多めにしてもらってもいいですか？」

「えっ」と声を上げた姉妹の視線は、カウンターのフォーに注がれている。これでもかというくらいパクチーが載せられた、真友のための特別仕様だ。

「嫌だな、さすがにお昼には食べませんよ。夜食用です。実は、連休明けで仕事が溜まっていて、今夜は残業になりそうなんです」

「そうでしたか。では、さっそく準備を始めますね」

シェフが微笑んで厨房の奥に向かう。

これで夜の楽しみができたと、真友も気持ちを奮い立たせた。


仕事に集中していると、給湯室のほうから悲鳴が上がった。

「ちょっと、コレ、何？　なんだかすごいにおいがするんだけど。誰よ、誰が入れたのよ」

先輩の一人が、一息入れようと、給湯室の冷蔵庫で冷やしていた自分の缶コーヒーを取ろうとして、どうやら真友が入れておいたバインミーに気づいたらしい。

何となく、こうなることは予測していた。けれど、常温でデスクに置いておけばもっとにおうに違いない。

真友は仕方なく席を立ち、給湯室に向かった。

入ったとたん、強烈なにおいがして、想像以上の効果に真友も少しひるんでしまった。パクチーやレバーのにおいではない。なますの大根が見事に存在を主張していた。家庭の冷蔵庫に、食べかけのたくあんが入っていれば、ちょうどこんなにおいがする。

「これ、何なのよ」

先輩社員がバインミーの入ったレジ袋をつまみ上げる。

薄い袋を通して、フランスパンを包んだ包装紙になますの汁気が染みているのが見えた。十分に汁気を切っているはずだが、時間が経てばどうしたって野菜の水分が滲《し》み出てしまうのは仕方がない。ただでさえ、パクチーも通常の倍入れてもらっている。

「何って、バインミーです」

「バインミー?」

「ご存じありませんか?　少し前、すっごく流行りましたけど」

先輩社員は押し黙っている。

「今日はなかなか帰れそうもないので、夜食に買ってきたんです。におったのなら、謝ります。でも、共用の冷蔵庫ですから、仕方ないですよね。この前、どなたかがお弁当に残り物のカレーを持って来た時には、電子レンジにしばらくにおいが染みついていましたもんね。それに、今日はお昼にカップラーメンを召し上がった方がいたでしょう。戻った時にすぐにわかりました。こればっかりはお互い様ですよね」

まだ先輩は黙っている。もしかしたら、カレーを弁当箱に詰めてきたのはこの人だったかもしれない。

「もう、戻ってもいいですか？　今日、本当に忙しいんで。私、先輩たちよりも何倍も頑張らないと追いつかないですから」

真友はくるりとデスクに向かう。あいつらが嫌な奴《やつ》なら、私も嫌な奴になる。自分を守るためには、そうなるしかないのだ。

午後七時。一列三個、向かい合わせに六つのデスクが設置されたスペースには、真友の他に誰の姿もない。定時になったとたん、本当にいっせいに帰ってしまった。処理しきれなかったデータは、そのまま真友に引き継がれている。

これも覚悟の上だ。一息入れようと、立ち上がって給湯室に向かう。備品の電気ポットでお湯を沸かし、持参したティーバッグを自分のマグカップに入れる。

冷蔵庫から出したバインミーを電子レンジで軽く温めた。

マグカップとバインミーを載せた皿を持って、デスクに戻ると、無人だったはずの社長のデスクにぼんやりと卓上ライトが灯《とも》っていて、思わず「わぁっ」と声を上げた。

どうやら、外出先から戻ったらしい。今日は昼間から埼玉の倉庫に行っていたはずだ。

「どうしたんですか」

「うん、専務から会社に戻るように言われてね」

とうの専務は、ほかの社員たちとほぼ同時に退勤している。塾に通う子供の夜食と、若干認知症の始まった夫の母親に夕食を食べさせないといけないらしい。

「今夜は恩田さんが残業しているからって。恩田さん、最後の戸締り、知らないでしょ」

「あ」

確かに、一人で最後まで残ったことはなかった。以前の会社は自社ビルだったから、夜間も警備員が残っていて、たとえ残業しても通用口からそのまま出ることができたが、いくつもの会社が同居するこのビルでは、それぞれがセキュリティ管理をしている。

「どうせ、連休で溜まっていた仕事、押し付けられたんでしょ。ごめんねぇ、ここ、どうも女性陣が強くてさ」

それは社長がしっかりしていないからだろうと思ったが、さすがに口にはできない。卓上ライトに照らされた初老の男がやけにくたびれて見え、思わず「社長も大変ですねぇ」などと言ってしまう。

「まぁ、小さい会社の社長だから仕方ないよ。それにね、あの人たちの仕事は確かに速いからさ。給料も安いのに、長い人なんて、二十年以上も続けてくれているんだ。今さら、何も言えないよ」

そういう見方もあるのかと思う。大量の注文から品切れがないかを確認し、データを加工して、配送センターに送信する。仕事というよりも作業のようだが、だからこそ熟練の社員は重宝されるのだ。専務は専務で、やはり大量の質問やクレームのひとつひとつにメール対応するという仕事をしているらしい。これもきっと想像以上に大変な仕事で、かつ商品知識もなければ務まらない。

この環境に耐えながら、自分が彼女たちの域に達することはとてもできないだろう。

「でもさ、職場の平均年齢は上がっていく一方だろ？　せっかく若い人が入ってくれても、馴染めずにすぐ辞めてしまう。この状況、どうしたら変えられるんだろうねぇ」

「そう簡単には変えられないんじゃないですか？　あの方たちに、それこそ末永く頑張ってもらうしかありません。大丈夫です、みんな好き放題やっていますから、そう簡単には辞めませんよ」

「言うねぇ、恩田さんも」

なぜか、部外者のように無責任な言葉がすらすらと出た。

自分もこの会社の社員のはずなのに、まるで他人事《ひとごと》にしか思えなかった。

しかも、目の前にいる相手は社長だというのに。

「私、近いうちに辞めさせていただくと思います。せっかく採用していただいたのに、申し訳ありません」

「……そうか、うん。仕方ないね」

穏やかな笑みをたたえたままだが、わずかに表情が曇る。

「でも、仕事はきっちりやって、人事の方に相談して、きちんとキリのいいところで辞めますから、それまではよろしくお願いします」

社長は眉を下げて笑い出した。

「ああ、残念だな。恩田さんみたいなしっかりした人が残ってくれたら、本当に嬉しかったんだけどね」

聞けば、これまで採用した新人は、三人連続で働き始めて十日後には連絡もなく姿を見せなくなったということだ。

「ところで、終わりそう？」

心配そうに、社長は真友のデスクに目をやる。

「終わらせますよ。でないと、帰れません」

「そういうところが、やっぱりしっかりしているんだよ。……それ、何？」

先ほどから、オフィスは蒸れたような、なますのにおいが漂っている。温めたおかげで、よけいににおいが増したらしい。

「バインミーです。ご存じですか？」

「大好きだよ。へぇ、どこで買ったの？」

そのとたん、キュルキュルキュルキュルとか細い音が響いた。

自分かと思ったが、どうやら音の出所は社長の腹らしい。図体はでっぷりとしているくせに、空腹を訴える声はずいぶん遠慮がちでかわいらしい。

「半分こ、します？」

「いいの？」

「まぁ、私の残業に付き合わせるわけですから」

作業を終えて、パソコンの電源を落とす。固まった首を左右に動かしてから時計を見ると、午後十時を回っていた。

「社長、お待たせしました。終わりました」

ウトウトとしていたのか、自分のデスクでパソコンに向かっていた社長ははっと顔を上げた。

「お疲れ様、じゃあ、帰ろうか」

荷物をまとめ、オフィスの入口で社長がセキュリティを作動させるのを待つ。

出てきた社長に、「ラーメンでも食べて帰る？」と訊かれたが、真友は笑顔で「帰ります」と答えた。

なぜか、この会社を辞めようとふいに決意できたことで、頭の中の霧が一気に晴れたような清々しい気分になっていた。

まだ、正確に退職の期日が決まったわけではないが、辞めると決意したことで、それまでは頑張ろうと思うことができそうだった。

だから、社長とはラーメンを食べない。きっと、このままカウンターに並んでラーメンを食べ、社長なりの考えや苦労を聞かされたら、何だか辞めることが申し訳なくなってしまいそうな気がしたからだ。

3

「ええっ」

午後六時半、賑《にぎ》わい始めた『スパイス・ボックス』のカウンター席で、大きな声を上げたのは銀座のフレンチレストラン『シェ・アルジョン』のソムリエ、早川麗である。

六時には来店し、ちびちびとインドワインのグラスを傾けていたのだが、待ち合わせた恩田真友が合流し、改めて乾杯となったところだった。

「どうして？」

「やっぱり、麗にはちゃんと報告しようと思って。ほら、この前会った時、転職祝いだって、ここの食事もご馳走してもらったし」

「そうじゃなくて、今って転職は難しいんじゃない？　もったいない」

どうやら、真友は会社を辞めることにしたらしい。

カウンターから漏れ聞こえる会話に、みのりはやるせない思いになる。

自分も会社を辞めた身だ。その時の葛藤《かっとう》や煩雑な手続きを思い出せば、退職がどれだけエネルギーを要することかもよくわかる。

今時、一か所に長く勤める時代でもない。会社に忠誠心を持って縛られるよりも、自分自身のために働いている人が多い。生活のため、やりがいのため、スキルアップのため、社会貢献のため、その目的は様々だが、きっとみのりの父親の時代よりはずっと職に対する考えはフレキシブルになっている。だから、つらい思いまでして無理に縛られる必要はないのだ。そのために心身を損ねたり、中には命すら失ってしまったりする人もいるのだから。

真友が答えに窮しているようなので、みのりはサービスの突き出しをカウンターに並べながら、さりげなく助け舟を出す。

「テイクアウトのランチ作戦で、少しはスッキリしました？」

「何それ？」

麗が興味津々に身を乗り出す。今夜の突き出しは、バインミーでも使っているレバーパテに薄切りのバゲットを添えたものだ。ワインにもよく合う。

「もう、みのりさん」

ちょっとバツが悪そうにしながらも、真友は、わざとにおいの漂うランチをオフィスにテイクアウトして、嫌味な先輩たちに仕返しをした話を親友に語って聞かせた。

途中から、麗はカウンターを片手でバンバン叩きながら笑い転げる。

「それじゃあ、まるっきり真友も嫌な後輩じゃない。でもおかしい。それに、パンを食べていただけで仕事が遅いって何？　主食が米でない国では、みんな集中力が続かないっていうの？　無茶苦茶ねぇ。国ごとに文化ってものがあるし、同じ日本人でも家庭によって違う食文化があるじゃない。ちなみに私の実家、朝は絶対にパンだったわ」

「うちは、ご飯とパン、必ず一日おきだった。そして土曜日のお昼は必ず麺類」

「休日の昼の麺類、ありがち。そう言えば、真友は麺類大好きだよね。それにしてもさ、昼休みくらい、自由に好きなもの食べさせてほしいよね。うん、決断した真友はえらい」

「でも、どうするんです？　転職活動、かなり大変だったんでしょう？」

厨房からゆたかが顔を出した。

バインミーをテイクアウトした日に会社の状況を話してくれた真友だが、つい先日も帰りに立ち寄り、「退職を申し出てきました」と、これまでの経緯をすっかり話してくれたのだ。

それは前職の営業部のことから始まり、厳しい転職活動から、ようやく採用された今の会社のことまで、長い話だった。これまで、きっと誰にも話すことはなく、自分の胸に抱え込んでいた出来事だったのだろう。

最後はうっすらと涙をにじませながら話した真友に、姉妹はすっかりホロリとしてしまい、自分たちがこの店を開くに至った事情もすっかり打ち明けてしまった。女同士、時には過去を語り合いたい夜もあるのだ。

完全に順調な人生などなかなかないものだ。乗り越えられない山があれば、立ち向かわずに迂回《うかい》することだって大切な方法だと、ゆたかは熱いチャイを真友のために淹れながら語った。

たとえ迂回したとしても、またきっと別の山は現れる。その時々で、どうするかじっくり考えればいいことなのだ。

その時のことを思い出したのか、真友はゆたかに向かって少し微笑み、親友へと話の続きを始めた。

「もう焦るのはやめたの。失業手当を当てにするわけではないけど、じっくり考えたり、職業訓練を受けたり、資格のための勉強をしたり、その期間を自分のためにしっかり使おうと思って」

「うん。よく決心したね、真友。よし、今日は飲むかぁ！」

「今日はって、麗はいつもでしょ？」

「そんなことはないよ。覚えている？　私、大学時代、ほとんど飲めなかったの」

思わずえっと叫んだのはみのりだった。「ひどいなぁ」と麗は笑う。

「就職してから鍛えたの。最初は料理を運んだり、皿を下げたり、それだけだったのよ。でも、つまらないじゃない。あそこで働く意味を自分なりに考えたのよね。そして行きついたのがワイン。ソムリエになろうと思って、たくさん勉強して、ワインも飲んで。覚えることはたくさんあったけど、仕事に直結しているから苦ではなかったわ。そのうちにワインの美味しさに目覚めて、次々にいろんな味を試したくなったの。そしたら、お酒にも強くなっていたってわけ」

まるっきり姉と同じではないかと、みのりはチラリとゆたかを見るが、とうの本人は感心したように麗の話に聞き入っていた。

しばらくして、ゆたかが大きな皿を運んできた。

「では、そろそろ今夜のメインをお出ししたいと思います」

ゆたかがカウンターに置いた料理は、みのりにとっても初めて目にするものだった。

「羊肉の煮込みハンバーグです。今、当店でサンドイッチフェアをやっているんです。真友さんがテイクアウトしたバインミーもそのひとつでした。本当は羊肉のハンバーガーでお出ししているんだけど、もう色々とお料理を召し上がったお二人のために、ちょっとアレンジしたの。スパイスをたっぷり練り込んだハンバーグを、さらにクミンやコリアンダー、カルダモンたっぷりのトマトソースで煮込みました」

「うわぁ、何だか元気が出そうですね」

「真友さんにはお肉を食べて、ガツンとパワーを蓄えていただきたいなって。羊肉は体を温めて、気を巡らせるとも言われています。気持ちが落ち着かない時や、悩みがある時にもいいかもしれません」

その説明を聞いた麗が、「あ、何だか、この料理を食べさせたい人、思いついちゃいました」と吹き出した。きっと、恋人の真田和史のことだ。いつも新メニューに頭を悩ませ、眉間にはシワが刻まれている。

ゆたかはもう一品用意していると言って、厨房へ戻っていった。

ハンバーグを切り分けながら、麗が真友に訊ねた。

「いつ、退職するの？」

「五月末。ウチの会社、月末締めだから」

「そう。短い間だけど、よく頑張ったわね」

「……うん」

「ごめんね、大変な思いをしているなんて知らずに、前に会った時、何か能天気なこと言って励ましちゃったよね」

「そんなことない。麗のおかげで、ここの料理を食べて、頑張ろうって思えたから……」

そうやって、真友は気持ちを奮い立たせていたのだ。

みのりは、単なるパクチー好きの常連客だと思っていた自分が情けなくなった。

いつか、彼女に訊かれたではないか。パクチーのにおいが自分から漂っているかと。

あれは、周りを気遣うのではなく、自分に嫌なものが寄り付かないように武装したかったのだと、今ならはっきりとわかる。

「お待たせしました」

ゆたかが再びカウンターに戻ってくる。皿の上には、ふっくらと盛り上がったピタパンのようなものがホカホカと湯気を上げていた。

「何ですか?」

「これもフェアのメニューのひとつで、ジャガイモのサンドイッチです。ハンバーグのソースと一緒にお召し上がりください」

「これが、ジャガイモのサンドイッチ?」

「インド料理に、チーズナンってありますよね。チーズを包んで、タンドールで焼いて、切り口からトロ～ッと熱いチーズが流れ出る人気メニュー。そのアレンジです。お店によっては、ナンにもかなりバリエーションがあって、これは、スパイスで味を付けたジャガイモを包んだものです。ちなみにウチの場合はロティの生地に包んで、オーブンで焼いたものですけど」

「へぇ、美味しそうですね」

カウンターの女性二人が嬉々《きき》とした声を上げる。扇形に四等分された切り口からは、適度な大きさにカットされ、クミンやターメリック、ニンニクと一緒に少量のタマネギと炒められたジャガイモが覗いていた。

「味の変化に、こちらのチャツネもどうぞ。濃い緑はパクチーです。お二人の美容と健康のために」

真友はさっそく添えられたスプーンに手を伸ばす。

「美味しい！　トウガラシの辛味も効いていて、優しい味わいのジャガイモのロティを引き締めてくれますね」

「でしょう？　あ、お二人は、インド料理店も行かれます？」

「頻繁にではないですけど、まぁ、たまには」

「チーズナンを食べる時は、ちょっとコツがあるんですよ。たいてい、四つにカットされて出てきますけど、二つはチーズが少ないんです」

「どうしてですか」

「チーズを包んだ後、タンドールの壁に貼り付けて焼くでしょう？　どうしても、下の方向に溶けたチーズが流れてしまうんです。カットする時に平らにしますけど、なかなかチーズの量は平等にはなりません。ですから、四人で分ける時は、しっかり切り口を見極めてくださいね」

「お姉ちゃん、それって、コツというより、何だかセコイ気がするんだけど……」

思わずみのりは抗議したが、この話題は二人にウケたらしく、どっと笑いが起こる。

「やっぱり、このお店、楽しいですね」

ひとしきり笑った後、真友が言った。

それから、みのりとゆたか、二人の顔を交互に見つめる。

「ひとつ、お願いしてもいいですか」

「はい、何でしょう？」

「退職の時、会社の人にささやかなプレゼントをしたいんです。嫌な思いしかしませんでしたけど、まぁ、けじめのようなものです。私のために、席を用意してくれたり、仕事を教えてくれたりしたのは事実ですから」

たいしたものだと、思わずみのりは感心してしまった。

「それに、そうすることで、ちょっと印象が違うじゃないですか。辞めてまで、いつまでも悪口を言われるのもスッキリしませんしね。自己満足かもしれませんけど」

「素晴らしい考えです。それで、当店はそのささやかなプレゼントを用意すればいいんですか？」

ゆたかの言葉に、真友は大きく頷いた。

「はい。みんな、くさいくさいって言いながらも、私の食べているお弁当に興味津々でした。たぶん、普段はスパイスやアジア料理には縁のない生活をしている人たちです。だから、何かきっかけになるようなものを置き土産にできればって」

「いいじゃない。気に入ってくれたら、ランチタイムにここに来るかもしれないし」

麗がぱっと顔を輝かせた。

「そう都合よくはいかないでしょ。社長はバインミーが好きだって言っていたけどね」

「女性が多いなら、お菓子はいかがでしょう。スパイスやハーブの初心者なら、そう香りが強くないほうがいいと思います。せっかくプレゼントしても、食べてもらえなければ、真友さんの気持ちが台無しですから」

「じゃあ、ウチが用意できるのはやっぱりサブレかな」

「いいですね。この前いただいた、ココナッツサブレもすごく美味しかったです」

「でも、きっと美味しいだけじゃだめなんでしょ？　何かしら、自分がいた爪痕《つめあと》を残したいのが真友だもんね」

麗がニヤッと笑う。

真友は苦笑した。

「そうね。連絡もなしに突然こなくなったこれまでの人たちと一緒にされたくないし。短い間だけど、私なりに頑張ったのは事実」

「だったら、パクチーしかありませんね。だって、真友さんが職場の人たちにインパクトを与えたのって、お昼のお弁当だったんですもん。お姉ちゃん、できる？」

「コリアンダーパウダーを混ぜてサブレを焼くことは可能よ。ただ、一般的なパクチーのイメージは葉や茎のほうでしょ？　スパイスとしてのコリアンダーは、乾燥させた実のほうだから、風味はまったく違うの。でも、スパイス初心者にはそちらのほうがいいかもしれないわね」

真友のことを印象付けるなら、粉末のスパイスではインパクトが薄い。

みのりは必死に考えた。

「お姉ちゃん、じゃあ、せめて、葉っぱを飾るっていうのはどうかな。ほらお姉ちゃんの作るサブレって、棒状に伸ばした生地を輪切りにして、鉄板に並べているでしょ。その表面に、一枚ずつ、千切ったパクチーの葉を載せるの」

「面白いわね。でも、焼いたら薄い葉はすぐに焦げちゃうし、熱が入れば風味が飛んでしまう。だったら、焼き上がってすぐに軽く埋め込むのはどうかしら。熱々の時は、まだ生地がやわらかいもの。そのほうが、多少香りも残るかもしれないし」

「さすがです！　ぜひ、それを作って下さい。十人分、お願いします」

「ええ。喜んでご用意させていただきます」

ゆたかとみのりはにっこりと微笑んだ。

五月の末日、とうとう真友の退職の日がやってきた。

いつものようにランチタイムに訪れた真友には、昨夜のうちに焼いておいたコリアンダーのサブレを渡してある。今朝、少し早めに出勤して、ゆたかと一緒に五枚ずつラッピングしたものだ。

パクチー満載のフォーを食べ終えた真友に、試食も兼ねてサブレをサービスすると、さっそくつまんだ真友は、「いくらでもいけそう」と頬を緩ませた。

あれだけ個性的な香りを放つパクチーが、実の部分を乾燥させたスパイスとなると、甘く、爽やかな風味になることにも真友は驚いたようだ。

「どうかな、うまくいくかな」

「いくでしょ。プレゼントをくれた相手を悪く言う人はいないよ」

「現金な話だけど、確かにそうだよね。ああ、でも、嫌味な先輩たちがどういう反応を示すのか、こっそり見に行きたい！」

もとより野次馬根性が旺盛《おうせい》なみのりである。

「今度、報告に来てくれるんじゃない？　だって、退職したら、ここにもランチに通えなくなっちゃうわけでしょ？　私たちも寂しいわね」

真友が報告に訪れたのは、なんとその日の退勤後だった。

退職したというのに、花束ひとつ持っていない。入社して日が浅いとはいえ、あんまりだと思ったが、これまでの真友の話を聞いていれば納得がいった。

「どうでした？」

「はい、いつもと同じ、坦々とした一日でした。ちゃんと定時まで仕事をこなして、最後に、お世話になりましたって、全員にサブレを配ったんです。それがなければ、みんな知らんぷりして帰宅していたと思います。しょせん、私なんてそんな存在だったから。だから、サブレを配った時のみんなの顔、ゆたかさんとみのりさんにも見せたかったなぁ」

ラッピングしたサブレには、ゆたかに教えてもらって真友が作った、コリアンダーの効能を書いたメモも添えたはずだ。

「短い間でしたけど、お世話になりました。クセのあるお弁当でご迷惑をおかけしました。これ、そのお店のサブレです。美味しいので、ぜひ召し上がってくださいって、きちんと挨拶《あいさつ》をしました。あ、パインミーが好きな社長には、ショップカードも渡したので、もしかしたらそのうち来るかもしれないです」

「頑張りましたね、真友さん」

「まぁ、人としてのけじめです。あっ、でも、そしたらですね、専務が、何だか急に取り繕うように、ちょっと飲みに行こうかって誘って来たんです。『お疲れ様会やるよ～、参加したい人、集合！』なんて言って。もしかしたら、これまでの仕打ちを、外で吹聴されたらどうしようかとでも思ったのかもしれませんね。だって、あの人たち、やっぱり異常でしたもん。狭い世界で結束しちゃって」

「でも、ここにいるってことは、断ったんですか？　今さら、付き合う義理もないって？」

みのりの言葉に、真友はゆるく首を振った。

「違うんです。今日は本当に先約があって」

「先約？」

これまで一度も話題には上らなかったが、実は彼氏でもいたのだったかとみのりは思った。

「今日、この後、麗に誘われているんです。麗は仕事なんですけど、退職祝いだそうです」

「えっ。麗さんと待ち合わせですか？」

「待ち合わせというか、働いている麗の見学も兼ねて。あそこ、レストランスペースとは別に、奥にバースペースがあるんです。もちろんお料理も食べられますし、銀座の夜景を見ながら、美味しいワインでも飲みなよって。麗がご馳走してくれるそうです」

「じゃあ、これから『シェ・アルジョン』に行くの？」

「はい。八時に予約してくれているそうなので、まだ十分余裕があります。きっと麗、私がここに寄ってから行くだろうって、ちゃんと考えたんでしょうね」

「そのこと、会社の人には……」

「もちろん伝えました。今日は先約があって、これから『シェ・アルジョン』に行くので、せっかくですがって。その時も、みんなびっくりしていましたね」

それはそうだ。予約が取れないフレンチとして有名な『シェ・アルジョン』の名前を、流行に敏感だという先輩女性たちが知らないはずはない。

唖然《あぜん》とした女性たちの顔を思い浮かべると、みのりは胸がすく思いがした。

「真友さん、あなた、やっぱりすごいです」

「え？　何がですか？　すごいのはそこで働いている麗ですよ。ホント、麗は最高の友達です」

真友は、これまでみのりが見たこともないような晴れ晴れとした笑みを浮かべた。

「あ、そろそろ行きますね。ちょっとお化粧も直しておきたいし。これまで、ここのお料理に何度も救われました。本当にありがとうございました」

みのりは名残惜しさをこらえて、満面の笑みを浮かべる。

「こちらこそ、ありがとうございました。真友さん、お元気で。また、機会があったらぜひいらしてくださいね」

みのりの言葉に、真友は目をしばたたいた。

「また、すぐに来ますよ。もしかしたら、明日にでも」

「えっ？」

「だって、またしばらくは飯田橋のハローワーク通いですもん。ランチは当然、ここに寄らせていただきます。明日っていうのは……、う～ん、今夜、ワインを飲み過ぎなければ、ですけどね」

はにかむような真友の笑顔に、みのりは吹き出した。

「今夜くらい、思いっきり羽目をはずしていいのではないですか。せっかくの『シェ・アルジョン』ですもの。どうぞ、楽しんできてください」

真友は大きく頷くと、元気よく「行ってきます！」と路地へ足を踏み出した。

エピローグ

六月に入ってすぐの定休日、みのりとゆたかは葛西《かさい》臨海公園駅にいた。

改札のほうをじっと見つめていたゆたかが、「あっ、来た！」と声をあげ、「お〜い」と走っていく。みのりも慌てて後を追った。

改札を通過してきたのは、姉妹の母親のさかえである。姉妹に気づき、にっこり笑って片手を振る。

「お母さん、はるばるようこそ！」

「乗り換えもあるし、意外と時間がかかるのよねぇ。やっぱり東京は遠いわ」

「車でもあればいいんだけどね」

南房総《みなみぼうそう》市の実家から、東京までは確かに遠い。

今はもっぱら電車で帰省しているが、彼氏がいた時は車を使ったし、かつて館山《たてやま》で暮らしたゆたかがこちらに出てくる時もやはり夫の車だったはずだ。

「今度は、レンタカーで迎えに行くよ」

母娘、三人での道中はさぞ楽しいだろうとみのりが提案すると、さかえは首を振った。

「いいわよ。あなた、たまにしか運転しないでしょ。怖い怖い。あなたが往復する手間を考えれば、こうしてたまには電車の長旅も悪くないわ。私は、時間だけはいくらでもあるんだもの」

とはいいながら、さかえを『スパイス・ボックス』に招待しようと、春先から何度も誘っているのだが、遠い、飼い猫のシナモンの世話がある、気候がよくなったから家庭菜園から手が離せない、などと様々な理由をつけて、やんわりと断ってきたのだった。

母親ならば、当然、娘が始めた店に興味があるはずで、しかも、姉妹のために貯《た》めていた結婚資金をポンと差し出してくれた出資者でもある。

では、どうしてかと問えば、その答えも曖昧《あいまい》で、ようは娘を煩わせたくないのではないかとみのりは思う。以前ゆたかが言っていた通り、定休日に母親を招待すれば、姉妹の休みがなくなるわけで、かといって、営業日に呼べば、姉妹も気を遣うだろうし、ゆっくりと会話ができない。

かねてより、忙しい、疲れた、今日も満席だったと、店の盛況ぶりを伝えていたことが裏目に出たのかもしれない。身内だからと、遠慮なく愚痴を垂れ流してしまったみのりは自分を反省した。

それでも、ゆたかがしつこく誘ったからか、折衷案としてさかえが言い出したのが、神楽坂の『スパイス・ボックス』よりも若干住まいに近い、アヤンさんのインド料理店だったのである。

ゆたかの案内で、みのりとさかえは見知らぬ街を歩いた。空気のにおいが神楽坂とは違う。すぐ南は東京湾、東西を旧江戸《えど》川《がわ》と荒川《あらかわ》に囲まれた土地だからか、しっとりと湿った香りが混じっている。水辺の街は、空の色も雲の高さも違う気がした。

「ごめんねぇ、駅からもちょっと遠いよね」

そう言いながら、ゆたかが示したのは、まさに住宅街の中に佇む、小さなインド料理店だった。大通りからは外れ、左右をラーメン屋と定食屋に挟まれたお世辞にも好立地とは言えない店を見て、みのりは思わず「ここも、路地だね」と呟いた。

「そうかも。私にとっては、路地の名店だ。さぁ、入って入って」

ゆたかは、まるで自分の店のように扉を開いて、さかえとみのりを招じ入れる。

「イラッシャイマセ」

十分に流暢《りゅうちょう》な日本語で迎えてくれたのは、よくゆたかの話で聞いていたアヤンさんだろう。この店はアヤンさんと甥《おい》っ子が調理を、ホールはそれぞれの妻が担当している家族経営の店だと聞いていた。赤い壁紙、レジ横のガネーシャ像、壁に張られた異国のビールのポスター。そして何より、壁に、床に、天井に、すべてに染みついたスパイスの香り。それは、みのりとゆたかの『スパイス・ボックス』よりもよほど濃厚だった。

「あらぁ」

インド料理店を訪れるのは初めてのさかえが感心したように声を上げ、「イラッシャイ」「イラッシャイ」とにこやかに声を掛けるアヤンさんの妻らしき女性と、もう一人若い女性に案内されて、キッチンに近い席に着く。

ここで、ゆたかと夫の柾は逢瀬《おうせ》を重ね、スパイスに興味を持った二人に、アヤンさんは親切にもインド料理を教えてくれたのだ。

彼らにしてみれば、異国の二人が、自分たちの国の料理を熱心に学ぼうとする姿が嬉《うれ》しくてたまらなかったのかもしれない。そのお礼とばかりに、柾はかつて訪れたインドやネパールの話を語り、彼らは懐かしい故郷の話に真剣に聞き入ったという。みのりには、それを横で楽しそうに聞いている姉の姿まで目に浮かぶようだった。

「アヤンさん、この前のパーティー、大成功でした。どうもありがとうございました」

「ホントに？　ダイジョブ？」

「ええ。ばっちり、大成功！　お客さんも大喜び。特にね、色んなナンを教えてくれたでしょ？　チーズナン、ガーリックナン、オニオンナン、ジャガイモのナン。それぞれカットして盛り合わせたら、おつまみに最高って。あと、いろんな野菜のサブジも好評だったわ。ナンにトッピングして、ピザみたいにみんな食べていたの」

「ヨカッタァ。ナン、ホントにオイシイ。野菜、イッパイ、お客さん、大好きね」

「そうそう、集まったのが年配のお客さん中心だったから、野菜料理が嬉しかったみたい。カレーはサグチキンやベジタブルカレーが好評だった」

ゴールデン・ウィーク中に行われた、鮫島周子が提案した、かつてのイギリス留学生のパーティーは、十人ほどが集まった。

幹事は『スパイス・ボックス』で周子と偶然の再会を果たした大学教授だ。彼が、かつてイギリスで周子と親しくなった者たちと連絡を取り、集めてくれたのだ。

全員が五十代以上だった。現在はまったく関係のない職業に就いていたり、専業主婦だったりする彼らが、若かりし日々に同じ時を過ごした仲間と思い出を語り合う姿は、なんだかとてもよいものに思えた。

本格的なインド料理を作る『スパイス・ボックス』のシェフが三十代の日本人女性だと知って、みんな興味を持ち、周子はなぜか自慢げにみのりとゆたかを紹介してくれた。

ゆたかは、自分に料理を教えてくれたのは、夫との思い出のインド料理店のコックだと打ち明けた。

さらに、アヤンさんの二人の兄も、イギリスとドバイでそれぞれインド料理店のコックをしていると話すと、周子たちは驚いたり、感心したり、さらにその場が盛り上がった。

異国の地で愛されるカレーと、その土地で根を張ってたくましく生き抜くコックたちの姿が、彼らの胸を強く打ったのだ。

周子はますます創作意欲を掻《か》き立てられたのか、途中から目をキラキラと輝かせていたし、大学教授は何か胸に迫るものを感じたように、この場を愛《いと》おしむように微笑《ほほえ》んでいた。

ゆたかの料理はやっぱり素晴らしい。

そして、この場所を作り出しているのが自分たち姉妹だと思うと、みのりも胸が熱くなるのだった。

楽しそうにアヤンさんに報告するゆたかの話を、さかえはにこにこと微笑みながら聞いている。

そこで、はっとみのりは気付いた。母は、姉を強く立ち直らせることができたインド料理のルーツを、目で、体で確かめたかったのではないだろうか。

柾と出会うまでは、ゆたかはインド料理やスパイスになど、さほど関心はなかったはずだ。やがて夫となる柾がここにゆたかを連れて来て、インド料理を味わい、二人はどんどん親しくなっていった。

そして、夫を失い、絶望の淵《ふち》からなかなか這《は》い上がれない姉を救ってくれたのも、スパイス料理だった。これまでの経緯《いきさつ》がなければけっして為《な》し得ないことだったはずだ。実家に引きこもったゆたかをずっと見て来たさかえにとっては、それこそ奇跡のように感じたに違いない。

目の前に皿が置かれた。

「今日はね、私が大好きなメニューばっかり作ってもらうから。まずは、ひよこ豆のサラダと、タンドリーチキン。お母さんは辛いのがあまり得意ではないよね。だから、マライティッカも。とにかく、ちゃんとタンドールで焼いた料理は、ウチのとは大違いだから！」

暗に『スパイス・ボックス』でもタンドールが欲しいと訴えているのだろう。

「お姉ちゃんのも、十分に美味《おい》しいよ」

みのりの言葉にかぶせるように、さっそくマライティッカを食べたさかえが「あら」と感嘆の声を上げる。

「本当だわ。ちょっぴり辛いけど、お肉もやわらかいし、何だかいい風味ね。なんて言ったらいいのかしら……」

「奥深い美味しさでしょ？　そう、それがスパイス料理なの！」

ゆたかが嬉しそうに頷く。

「本当に、本当に美味しいわ」

しっかりと肉を噛《か》みしめながら、さかえが繰り返す。

「今度こそ、神楽坂の私たちのお店にも食べに来てね」

さかえは紙ナプキンで上品に口元を拭《ぬぐ》うと、にっこりと微笑んだ。

「いつかね。楽しみは、先に取っておきましょう。そのほうが、毎日ワクワクしていられるもの」

参考文献

『スパイス完全ガイド　最新版』　ジル・ノーマン　山と溪谷社
『いちばんやさしいスパイスの教科書』　水野仁輔　パイ インターナショナル
『増補新版　薬膳・漢方　食材＆食べ合わせ手帖』　喩静・植木もも子監修　西東社
『世界のスパイス＆ハーブ料理』　ミラ・メータ　株式会社ＨＡＮＡ
『世界のカレー図鑑』　地球の歩き方編集室　株式会社学研プラス

本書はハルキ文庫の書き下ろし作品です。

ハルキ文庫

な22-3

失恋《しつれん》に効《き》くローズマリー　神楽坂《かぐらざか》スパイス・ボックス❷

著者　長月天音《ながつきあまね》

2023年4月18日第一刷発行

発行者　角川春樹

発行所　株式会社角川春樹事務所
〒102-0074 東京都千代田区九段南2-1-30 イタリア文化会館

電話　03(3263)5247(編集)
03(3263)5881(営業)

印刷・製本　中央精版印刷株式会社

フォーマット・デザイン　芦澤泰偉
表紙イラストレーション　門坂 流

ISBN978-4-7584-4556-6 C0193 ©2023 Nagatsuki Amane Printed in Japan
http://www.kadokawaharuki.co.jp/[営業]
fanmail@kadokawaharuki.co.jp[編集]　ご意見・ご感想をお寄せください。